STORY MARKET

恋愛小説編

集英社文庫編集部 編

集英社文庫

目次

STORY MARKET 恋愛小説編

このアンソロジーは「おもしろいお話の見本市」。収録されている短編は、各作家が腕によりをかけた作品ばかり。「恋愛」をテーマに、面白い話だけを厳選しました。新しい作家との出会いになるかもしれないし、もう知っている作家の知らない一面が見つかるかもしれません。さあさあ、まずはお手に取って見ていきませんか……？

愛について語るときに我々の騙ること

斜線堂有紀

鹿衣鳴花、泰堂新太、春日井園生の3人は、10年来の友人だ。いや、親友だ。高校生の時に出会ってから、男女の友情がずっと続くわけがないと言われているこの世界で、3人はずっと親友をやってきた。でも、そのかけがえのない関係は今や変わろうとしている、恋愛という、最も厄介な感情のせいで。ミステリの新鋭が描いた、青春恋愛小説。

斜線堂有紀（しゃせんどうゆうき）

小説家。第23回電撃小説大賞のメディアワークス文庫賞を受賞し、2017年に『キネマ探偵カレイドミステリー』でデビュー。同作シリーズのほか、『恋に至る病』（メディアワークス文庫）、『ゴールデンタイムの消費期限』（祥伝社）など、ミステリ的な仕掛けを駆使し切実な情感と関係性を描く作品を繰り出し、新進気鋭の作家として注目を浴びている。2020年、待望されていた本格ミステリ作品『楽園とは探偵の不在なり』（早川書房）を上梓し、『ミステリが読みたい！2021年版』国内篇で2位を獲得するなど高い評価を受けた。

「俺さ、ずっと前から新太《あらた》のことが好きだったんだ。だから、付き合ってくれない？」

そう言う園生《そのお》の顔は今まで見たことがないほど切実で、まるで知らない人のようだった。当然だろう。私は園生が誰かに告白する時の顔なんて知らなかった。それどころか、この男が、泣きそうなほど切実な恋をすることを想像もしていなかった。

心臓が嫌な音を立てている。この告白を受けて、私達の関係がどう変わるのかの想像がつかない。私は園生が好きだし、泣いてほしいわけじゃない。

私は園生の頰に手を伸ばし、柔らかなその感触を味わう。十年近く一緒にいるはずなのに、そこに触れるのは初めてだった。剝《む》き出しの癖に、そんな場所だったただなんて妙だ。

迷ってはいたけれど、選択肢は無い。もしここで園生の提案を断れば、彼は二度と私達の前に姿を現さないだろう。そんな気がした。私が真面目な顔で頷《うなず》くと、園生は痛ましさと安堵《あんど》の混ざった顔で笑った。

これでハッピーエンドであるということにはならない。

何故《なぜ》なら、私は泰堂《たいどう》新太じゃなく、鹿衣《かごろも》鳴花《めいか》だからだ。

*

食事には難易度がある。

たとえばオムライスは難易度ゼロである。食べなければいけないものが全部一つに纏《まと》まっていてスプーンで食べられるのに、見た目が全然雑な食べ物に見えない。それでもデミグラスソースやケチャップのことが気になるならお粥《かゆ》とかをゼロ地点に置けばいい。私は不器用だけれど、そこまでの不器用じゃない。

逆に難易度十は殻付きの海老《えび》とか、魚の干物とかで、これが全然上手《うま》く食べられない。手も皿も絶対に汚すし、被害を最小限にしようとすると味が全然分からなくなる。

あとは映画に出てくるような、てっぺんにピンの刺さっているハンバーガーとかも難易度十だ。ソースをこぼすし具もバラバラになる。十二センチ×八センチを綺麗《きれい》に食べられる人間っているんだろうか？　でも、私はそういう重量級のハンバーガーが好きで、二ヶ月に一度は食べたくなってしまう。

「うわ、何してんの」

「どうせこぼれるから、最近は予《あらかじ》め具を全部分けてから、バンズに少しずつのっけて食べるの」

「それハンバーガーっていうのかよ」

厚切りベーコンチェダーアボカドバーガーを解体する私を見ながら、園生は呆《あき》れたように言う。仕方がない。これは難易度十の食べ物なのだ。

園生はこのバーガーが好きじゃないらしく、ここに来るといつもビールとポップコーンシュリンプで済ませている。それでも、私が提案すると断ったことがない。

食事の難易度の話は結構共感が得られる。みんな食べたいものとその難易度のギャップに悩んでいて、細かい骨のあるものは基本的に無理だという話になる。

でも、そこから誰の前なら難易度十のものが食べられるかっていう話になると展開が分かれて、恋人の前でなら大丈夫とか、逆に恋人の前なら駄目だとかいう話になって、言い出した私が置いてけぼりになる。

最終的に結婚したらどんなものでも目の前で食べるじゃんという話になって、それで和解だ。

私が難易度十の食べ物を食べられるのは春日井《かすがい》園生か泰堂新太の前だけで、その二人はどちらも友人だった。しかし、今私は恋人になったばかりの園生の前でハンバーガーを仕分けして食べている。

「にしても平日夜の十時にそんなもんよく食えるな」

「ここが二十三時までで良かったよ」

便宜上、ここが初デートの場所になった。

最近の仕事は残業込みで二十一時に終わる。となると、二人で出来ることなんて夕飯を食べることくらい。そして、私は今日ハンバーガーの気分だった。

デートには向かない場所だと思っていたけれど、ハンバーガー屋は結構カップルが多かった。恋人の前で難易度十を食べられる人間達の群れだ。今まで気づいていなかったけれど、どんな場所にもカップルがいる。自分に恋人が出来て初めて気がついたことだ。

「残業ってマジであんの？」

そう尋ねる園生は、大学を卒業して以降、ずっとフリーランスの作曲家として活動している。残業を噂《うわさ》にしか聞かない人種だ。

「そう、繁忙期だから。園生もあったでしょ。納期が全部重なってた時期。心配した新太が泊まり込んでた」

「あー、あの時はな。FIXもヤバかったから生活が死んでた」

園生は順調にキャリアを積んでいる。最初はソシャゲのBGMなんかが主立った仕事だったけれど、最近はとある単館映画の劇伴を任されたりして、名前が知られるようになってきた。件《くだん》の映画が公開された時は嬉《うれ》しくて、新太と二人で何度も観《み》に行ったものだ。

「鳴花って今何してんだっけ。保険会社は辞めたんだよね？」

「今はデザイン事務所で事務やってる。事務っていうか雑用だけど」

「保険会社の近くにあった中華料理屋当たりだったのにな。迎えに行く楽しみが減った」

「あー、あそこね。難易度が低い食べ物がいっぱいあって良かった」

「何だそれ」

訝《いぶか》しげな顔をする園生の前で、私はべちゃりとアボカドを落とす。鮮度のいいアボカドはフォークで突き刺しても抜けてしまうくらいぬるぬるとしている。そんな失態を見ても、園生は私を嫌いになったりはしない。

私は改めて『恋人』の顔を見る。

初めて出会った十年前と、園生は殆《ほとん》ど変わっていない。髪色ですらそうだ。限りなく赤に近い茶色。赤銅《しやくどう》色とでもいうんだろうか。園生はそういう派手な色でも問題なく似合う、ずるいくらいに綺麗な顔立ちをしていた。

初めて放送部の部室で園生に会った時、その髪の色が夕焼けを映した色なのか染められたものなのか分からなかった。逆光の中でこちらを見つめる園生の瞳《ひとみ》がやけに輝いていたのを覚えている。廃部寸前の寂れた放送部に、こんな華やかな人材がいていいものかと思った。

園生の髪が夕焼け由来ではないことに気がついたのは、向かいに座っているもう一人の部員を見た時だった。そっちの髪は影のような黒で、夕焼けの侵食を物ともしていなかった。

そっちが十年来の親友のもう一人、泰堂新太だった。

「私は新太じゃない」

その時のことを思い出しながら、私はとりあえずそう言っておく。

「知ってるけど、いきなり何だよ」

「一番重要なことだと思ったから」

だって、園生の愛情の真剣さについては痛いほど理解している。手の届く範囲で一番真剣な愛だ。その宛先が間違っているのは困る。

「何で新太じゃなくて私と付き合おうと思ったわけ？」

「それを受け入れてから言うのが鳴花らしい」

そう言ってから、園生は真面目な顔をして「どっから話そうかな。俺がなんで新太のこと好きになったかとか？」と言う。

「でもまあ、新太が近くにいたら好きになっちゃうのかもしれないよね。覚えてる限りずっとモテてたし」

「まあ、格好良いからね、あれは」

「新太の頭の上に糸が見えるんだよね」

「糸？」

「ずっと上から吊《つ》り上げられてるみたいで」

新太の背が丸まっているところを、私は見たことがない。

泰堂新太は体格が良かった。どれだけ服を着込んでいようと、身体《からだ》に通った骨が想像出来るような精悍《せいかん》さを携えている。一目見ただけでその骨を想像させる人間は珍しい。

どこか近寄り難い園生に対して、新太はいつだって人に囲まれているような人間だった。彼の周りだけずっと陽《ひ》が差しているような錯覚を起こす。

「じゃあ、俺が新太のことを好きな理由は割愛します」

「はい」

「その代わりに俺は今から鳴花の嫌がることを言います」

「え、やだよ」

とか言いながら、私はその嫌がることの中身をもう察している。それを言う園生の顔がどうにも悲しそうだからだ。私も悲しい。その悲劇の中身を、私達は予め共有してしまっている。ややあって、園生は核心的な言葉を言った。

「新太ってさ、鳴花のことが好きなんだよな」

「あー……なるほど。いつから？」

「わかんね。この間宅飲みした時、鳴花が先に寝ただろ。あの時に言われたんだわ。『ずっと鳴花が好きだった』って」

「ずっとって。いつだよ」

「なー、本当になー」

そう言って、園生が思い切りビールを呷《あお》る。

ずっと好きだった、の『ずっと』の始まりにこだわるのは、私達がずっと親友だったからだ。男女の友情がなかなか難しいこの世界において、私達はどこに出しても恥ずかしくない親友をやっていた。

高校時代に廃部寸前の放送部で出会った私達は、それからずっと仲が良かった。そこから進路が分かれ、全員が社会人になっても、休日を合わせて三人で遊んだ。誰かの家に泊まり込んでは夜通し飲んで、持ち寄ったゲームで朝まではしゃいだ。

当然ながら、世間で言うところの間違いというものが起こったことはない。同じリビングで雑魚寝《ざこね》をしていても、男女で起こるようなトラブルは何も起きなかった。いや、そもそもこの間違いって何だよ？ と、私は余計なことを思う。仮にここに偶発的なセックスが発生したところで、そんなもの間違いじゃなくて別解かもしれない。何が起こるにせよ、私は園生達との間に起こることを間違いとは呼びたくない。

ともあれ、私達の間には何も無かった。

「あの時マジで寝てた?」

「流石《さすが》にそんなの聞いたら起きるわ」

そう言いながら、空気を読んで寝たふりを続ける自分も簡単に想像出来てしまう。だって、今でも混乱しているのに、その場に居合わせたらどうなるか分かったものじゃない。

「大丈夫だった?」

「何が。別に修羅場にはならなかっただろ」

「そうじゃなくて。好きな相手の好きな人の話されて大丈夫だったのかっていう」

「それはまあ、予期してた嵐《あらし》だから」

そう言いながらも、園生は不意を突かれたような顔をしていた。嘘《うそ》だ。こういうことで園生は割と傷つく。真夜中の失恋は殊更に効いたはずだ。

「まあどうも。鳴花のそういうところ好きだわ」

「うん、ありがとう。沁《し》みるよ」

本当に沁みる。少なくともここで、園生が私を嫌いになっていなさそうなところに安心する。その真夜中の告白で傷ついているのは園生だけじゃない。私もだ。思わず溜息《ためいき》が出る。

「……きっついな、今更こんなことになるとは」

「今更っていうか、俺達も結構いい年じゃん」

園生が言う。

「とかいってまだ二十六だけど。園生だって若手作曲家だし」

「いい年っていうか良い年なんだよ。二十六だと、ここから付き合い始めて結婚するのに丁度いいだろ」

当たり前のように園生が言うので、いよいよハンバーガーの味が分からなくなってきた。園生の言うことは正しいし、自分達のことをより客観視出来ている。

「だから、新太も多分本気で告白とかするんだろうなって。で、ね」

「うん」

「俺が先に鳴花に告白して付き合っておけば、鳴花が新太と付き合うことはなくなるんじゃないかなって。鳴花は二股《ふたまた》とかするようなタイプじゃないだろ」

「あ、まあ、そうだね。多分」

「だから、鳴花と付き合おうと思ったんだよ」

それで、全部が了解出来てしまった。園生が誰を人質にして、何を要求しているのかがちゃんと理解出来てしまった。

もし私が園生と付き合わなかったら、きっと園生は私達の前からいなくなるだろう。

もう園生の家で朝まで飲むことも、園生が最近嵌《は》まっているバンドのことを教えてもらうこともなくなる。今年の夏に行こうとしていたキャンプの予定も、きっと見直すことになる。そんなのは嫌だ。流石、春日井園生。自分の価値をよく分かっていらっしゃる。

そういうわけで、私達は改めて恋人になる。

＊

嵐を予期していたのは園生だけではなく、私だってその災禍を想像してはいた。それで何が失われるか、どのくらい生活が変わってしまうかを考えたことは何度もある。それでも、実際に事故に遭うまで地面に叩《たた》きつけられる痛みは分からない。

前に勤めていた保険会社に、二人はよく私を迎えに来てくれた。運転免許を持っていない私の為に車を回して、そのまま何処《どこ》かに食べに行くのがお決まりの流れだったのだ。

その日は雨が降っていた。天気予報を見ない私は傘を忘れ、二人が待つ駐車場に行くことも出来ずに立ち竦《すく》んでいた。

紺色の傘を二本持った新太がやって来たのは、その時だった。

「わざわざ来なくてもよかったのに」

「濡《ぬ》れるだろ」

それだけ言って、新太は私に傘を押しつける。ありがとう、と言って駐車場に行くと、車の中で園生が眠り込んでいた。水滴塗《まみ》れのガラス越しに見ると、園生は一層あどけなくて愛《いと》おしかった。

「鹿衣さん。この前のあれ、彼氏？」

翌日出勤した時に、私が思い浮かべたのは何故かその子供のような園生の寝顔で、何でそれを知ってるんだ？と首を傾《かし》げてしまった。そんな私に対し、先輩社員が「ほら、傘の」と言う。ああ、新太の方か、と心の中で思う。

目の前にいる先輩の好奇心に満ちた目と、あの日濡れながら歩いたかもしれない数百メートルのことを考える。この二つを天秤《てんびん》に掛けたくはないけれど、厄介事《やっかいごと》に巻き込まれたことに違いはなかった。私は親友の肩書きの為に、甘んじて濡れるべきだったのだ。

「凄《すご》く格好良い子だったね。シュッとしてモデルみたいだった」

そう言いながら、先輩が私を品定めでもするかのようにじっと見る。園生や新太に比べれば、私は随分平凡な容姿をしていた。肩の辺りでばっさり切ってあるボブヘアーは、学生時代とまるで変わっていない。美容師さんに薦められるがまま、自我も無く同じ髪型を貫いている。

顔だって特別いいわけじゃない。化粧はアイシャドウだけ頑張っている。色を塗るのが好きだから。

目の前の先輩はそんな私を見て、新太に傘を与えられるに相応《ふさわ》しい人間なのかをジャッジしようとしている。その目から逃れようと、私は早口で言った。

「いや、彼氏じゃないです。飲みに行く予定だった友達で」

「そんなわけないでしょ。鹿衣さんはともかくあっちは完全に彼氏気分だと思うよ」

「それこそ、そんなことないと思います」

今となってはこの反論が正しいのかは分からない。だからスタート地点が重要なのだ。紺色の傘を渡した時、既に新太は恋をしていたのだろうか。

それからしばらく押し問答が続いた。私があまりに頑《かたく》なだからなのか、先輩は最後に言った。

「まあ、鹿衣さんまだ二十四だし、あんなのが近くにいたら麻痺《まひ》するかもね。でも、ちゃんと周りが見えるくらい成熟したら、好きになると思うわよ。一年後を楽しみにしてるわね」

そう言う先輩が何だか勝ち誇っているように見えたので、私と新太の行方を迷宮入りにしてやろうと会社を辞めた。どのみちそこまで愛着のある職場でもなかった。

恋愛感情が成熟の証《あかし》だというのなら、二十六歳になった今も私は雛《ひな》だ。私はどっちも好きだし、どちらも好きじゃない。あの傘が友達に対する優しさじゃなく、恋愛感情込みで届く傘なら欲しくない。

恋人になったら、仰《おっしゃ》るとおり結婚が待っているんだろう。家庭を持ったり、子供も出来るのかもしれない。

そうなったら、どうしたって私はその恋人なり夫なりを優先しなければいけないだろう。二人とも等しく好きだというわけにはいかなくて、園生と付き合えば園生を、新太と付き合えば新太を優先しなければいけない。そのことくらいは私にも分かる。

でも、それが本当に私の欲しいものだろうか？　欲しいものリストの最初にあるＤＪセットはベビーカーの代わりには絶対ならない。三人で朝まで映画を観て騒ぐ幸福はその中に含まれていない。

だったらやっぱり、私の幸福の形は三人で親友のままでいることなのだ。どちらかとのキスと引き換えに、三人で毛布を取り合って眠ることを失いたくはない。それは私の文脈じゃない。

私の欲しいものは、三人でいるこの現在だ。私は自分なりに二人ともを愛している。

しかし、私は泰堂新太と春日井園生に手酷《てひど》く裏切られてしまった。そう、今回の件は裏切りだ。二人とも、本当に夜中のインディアンポーカーよりもキスとかセックスの方を選んだのか？　嘘だろ。

けれど、園生が私に告白した時の顔を思い出すと、私はこの裏切りを責められない。園生だって、きっと三人でいるのが好きだったはずだ。それでも、その不文律を超えてまで新太とのキスとかセックスを求めてしまったわけで、その熱を知らない私が何かを言えるはずもないのだ。

私と園生の初デートは翌週の日曜日、神保町《じんぼうちょう》でのレコード市だった。園生は自宅に何台もレコードプレイヤーを備えているくらいレコードが趣味で、こういう催しがある度に私達を誘った。私も新太もレコードに興味は無いけれど、真剣な顔で選んでいる園生を見ているだけで楽しかった。

やっていることは前と変わらない。というか、行く場所も何も変わっていないのに、いきなりこれがデートに置き換えられるなんて妙な話だ。強いて言うなら、今回は新太がいない。

「何で新太いないの。付き合うっていうのがこういうことなら、私は降りる」

待ち合わせ場所に着くなり、私は園生にそう食ってかかった。園生は一瞬だけきょとんとした後、何とも言えない笑顔を浮かべた。

「いや、新太は部活の大会で来れないって。だから鳴花だけ呼んだ」

「あ、そうなんだ」

新太は今、中学校で社会科の先生をやっている。ただでさえ忙しい仕事な上、運動部の顧問になってしまったから、私達と過ごす時間は前より減ってしまっていた。

「……これは私が悪いね。過剰反応した」

「でも、鳴花は間違ってない。付き合うっていうのはこういうことだよ。もし新太と付き合ったら、鳴花は二人だけで何処かに行くんだ」

まるで呪いのような言葉だ。あるいは脅しだ。それで私は、園生がわざわざ「デートに行こう」と提案してきた理由を知る。

園生は今日のデートで私に恋人がどういうものかを刻みつけようとしている。デートは三人では出来ないことを教えようとしている。そして、三人で出来ないデートなんて要らない、と私に言わせようとしている。

とはいえ、私と園生のスタンスは変わらない。手を繋《つな》いで店を回ることもなければ、恋人らしい会話をすることもない。元々、二人で出かけることもないわけじゃなかった。私が仕事の時は園生と新太だって二人で出かけていたし。表面的には何も変わっていない。

「新太は曲名とかアーティスト名とかは覚えないけど、俺の好きな曲はイントロで全部当てられるんだよな」

変わったのは園生、それ自体だ。

気兼ねが無くなったからなのか、あるいは牽制《けんせい》の一種であるのか、園生は驚くほど沢山新太の話をした。それだけ泰堂新太のことを語る言葉を持っていたのに驚くくらいだ。無理をしてるわけでもなさそうだ。ただ、心に浮かんだ時に、そのまま口に出している感じ。きっと、逆なのだ。今まではあまり新太の話ばかりしないようにセーブしていて、全部が明らかになった今はのびのび話している。園生が楽しそうにしているのは嬉しいし、新太のいいところを聞いているのも楽しい。

ただ、寂しい部分も確かにあった。

このデートに来るまで、全部策略なんじゃないかという気持ちが、ほんの数ミリだけあった。

もしかしたら、園生は本当に私のことが好きで、付き合う理由を作る為にこんな回りくどいことをしたんじゃないかって。でも違う。分かってしまった。そんな馬鹿みたいな展開は無い。

このデートを通して、園生は清々《すがすが》しいほど新太しか見ていない。なるほど、恋愛ってこういうものなのだ。

「本当に新太のことが好きなんだね」

「まあ、そりゃね」

「一体いつからだったの？」

そう尋ねる私は、傘のことを思い浮かべている。しかし、一番聞きたいところは「いつだっただろ」で返されてしまう。

「少なくとも、新太のことを好きになるまでは、別に男が好きとかそういうんじゃなかったよ」

「高校生の頃は彼女いたしね。あ、ほら……宇佐田《うさだ》さん」

「よく覚えてるな。俺もうあの子の名前とか覚えてない」

それはそうだ。私は宇佐田さんに呼び出されて、危うく修羅場になりそうになったことがある。

「昨日、鹿衣さんが春日井くんと歩いているのを見た人がいます」

放課後、宇佐田さんはそう言って私を睨《にら》みつけた。

「……や、そうだね。一緒に本屋に行った」

「言い訳しないんですか？」

宇佐田さんはなかなか可愛《かわい》い女の子で、そんな子が悪意の籠もった目でこちらを睨みつけてくるのは、心にくるものがあった。

「言い訳はしないけど……ていうか、先週とか園生と新太は二人でカラオケ行ってたよ」

「園生って呼ばないで！」

宇佐田さんに叱責され、私は身を竦ませる。そんな私を見て、更に宇佐田さんの怒りは高まっていく。

「あんた裏で何言われてるか知ってる？　姫気取りのビッチだって。なんで泰堂がいるのに春日井くんにまで手出してんの？　何がしたいの」

咄嗟《とっさ》には答えられなかった。何がしたいのか、私にも分からない。

「ちょっと待って、私は宇佐田さんが思うようなこと何にもしてないんだって」

「二人でどっか行っただろ！」

最初の一歩を詰《なじ》られて、ひく、と喉が鳴る。そうか。宇佐田さんの中で、園生と二人で本屋に行くことは特別なことなのだ。私はそれを侵してしまった。私は、彼女が出来た男友達と二人で遊びに行ってはいけなかったのだ。

でも、それは宇佐田さんが勝手に決めたルールであって、私はまだ納得していない。そもそも、園生と先に親友になったのは私なのだ。何で後から来た彼女とやらに道を譲らないといけないのか。そもそも、二人でカラオケに行った新太はいいのか。……いいんだろうなぁ。そういう感情が頭の中でぐるぐる渦巻いている内に、私は宇佐田さんに殴られ、マウントポジションを取られていた。覚悟のある人間とあれこれ悩んでいる人間の差は反応速度に出る。

結局、助けに来てくれたのは新太だった。時間になっても待ち合わせ場所に現れない私を心配して、王子様のように助けてくれた。新太に救出される私は、宇佐田さんにとって憎い姫気取りそのものだっただろう。客観的に見てもそう思う。

でも、それならどうすればよかったんだ？

別に姫気取りで二人の側《そば》にいたわけじゃない。宇佐田さんの邪魔をしたかったわけじゃない。そもそも、宇佐田さんが私を殴りつけなければ、新太が颯爽《さっそう》と助けてくれることもなかったのだ。

「じゃあ、あんたは本当に友達だって胸張って言えんの」

宇佐田さんが最後に言った言葉はそれだった。胸くらいならいくらでも張れる。私は何も悪いことはしていない。

たとえば三人で雑魚寝をする時、毛布が一枚しか無かったら私に回ってくるような、買い出しの時に二人が重いものを絶対に持ってくれるような、そういう特別を、私は拒否しなければいけなかったのか。

結局、宇佐田さんと園生は程なくして別れてしまったし、それ以降園生が彼女を作ったことはない。私と宇佐田さんが揉《も》めたことが別れの理由になったかは定かじゃない。

「だから、多分新太だけだよ」

その言葉で我に返る。あんなことを今まで鮮明に覚えていたのは、それなりにショッ痛いところを突かれたと心の中で思っていたのだとしたら、そっちの方が悲しい。

「……あのさ、もし新太と園生が付き合ったとするじゃん」

私がそう切り出すと、園生が警戒したように目を細める。

「あんまり虚《むな》しい話されてもな」

「そんな状況でも、私は新太と二人で遊びに行っていい？」

宇佐田さんのことから、私は一応学んでいる。園生は私に殴りかかってきたりはしない。だから、聞いておきたかった。

「だってさ、園生は映画好きじゃないじゃん。いっつも寝てるから誘いづらいし。でも、新太は好きでさ、だから……」

園生の顔が驚いたように歪《ゆが》み、そして急に真面目な顔になった。園生は多分、かつての彼女を思い出している。ややあって、園生は静かに言った。

「……駄目」

園生の目は真剣だった。

「駄目だな。多分、赦《ゆる》せないと思う。だって、新太は鳴花のこと好きだったんだし、二人きりでデートみたいなこととして、新太がやっぱり鳴花と付き合いたいって思ったらさ。俺は捨てられる」

「私は園生のこと裏切ったりしないけどさ」

「そうじゃないんだよ。裏切ったりしないとかじゃない。事故は起きるんだって。鳴花が俺を悲しませるようなことしないって知ってる。でも、それと事故は別だから。好きになっちゃったら、選ぶでしょ」

ああ、そうだな、と腑《ふ》に落ちる。

そもそも、だからこそ園生は私と恋人としてここにいるのだ。麗《うら》らかな陽の下で、二人きりでレコード市なんかに来てしまっている。

園生の一番は既に新太で、私は二番目に据えられている。園生が頑ななのは、実体験として知ってしまったからだ。定員二名のシェルターがあれば園生は新太と入る。新太がその場合、私を選んでしまうように。予期していた嵐。

「ていうか真面目に話す話でもないよな。だって、新太と俺がマジで付き合ってるわけじゃないんだし」

我に返ったように、決まり悪く園生が笑う。

「これからそうなる可能性はある」

「それはどうも」

「分かった。寝てもいいから、三人で映画も行こう。それならありなんだよね」

「まあ、妥協ラインだな。二人で行かれるよりマシか」

そう言われて、普通に傷ついてしまうのが悲しい。シェルターのようなことがそこから先も沢山起こる。

「私は三人でいたいんだよ」

「分かってる。ごめん」

それでもどうしようもない、と園生は心の中で思っている。

私は三人でいたい。今のままでいい、と心の中で思っている。

このデートだって、新太が一緒の方がずっと楽しかった。新太と二人で出かけてもそう思うだろう。理屈じゃないのだ。今回の園生の目論見《もくろみ》は正しい。やっぱり、私の中でどちらかを選ぶ選択肢は無い。三人でだらだらと神保町を見て回ることより、恋人になることが魅力的だとは思えない。

でも、そう思うことは残酷なことでもあって、私は遠回しに園生の恋が永遠に叶《かな》わなければいいと思っている。三人で行く映画なんてこない。多分。

*

その後も私達はデートを重ねる。内容自体は変わらない。園生が行きたいところと私が行きたいところを交互に巡り、およそ恋人同士じゃなくても出来る会話をする。

一回一回のデートの度に、園生はここにいるのが新太だったらな、という話をする。それで私はいつも不機嫌になり、それを見た園生が何とも言えない顔をする。

その間、三人で集まる機会もあった。新太には私達が付き合っていることを教えてないから、何も気まずくなることはなかった。久々に三人でいると、溶けそうな安心感を覚えた。新太は口数が多い方じゃないけれど、その場にいるだけで空気が変わるのだ。裏側を知っているから、園生が新太に向ける目に紛れもない愛があるのが分かる。それと同じように、新太が私に向ける目には愛があった。今まで気づかなかったのが嘘みたいだ。

告白されるかもな、という迫りくる危機感を覚える。その時、本当に自分は断れるだろうか。園生と付き合っているから無理、なんて目の前の新太に言えるのか？　付き合うという選択肢は無い癖に、言い訳と先延ばしだけが頭を巡る。新太と私が付き合ったとしても、やっぱり映画は二人だけで観に行くことになるだろう。

「これ、いつまで続ける？」

通算五回目のデートの時に、私はようやく園生に尋ねた。二人で一緒に遊びに行くのが楽しくて、何だか切り出せなかった言葉だ。

今日のメニューは海鮮丼で、しかもスプーンがついているタイプの店だった。難易度一。これなら誰とでも食べられる。ぼろぼろこぼれる食材に気を取られることもない。

　本当は、春日井園生と食べなくてもいいメニューだ。

「いつまでって……俺らが三人でいる限りずっとだよ」

「そもそも、付き合うっていっても私達って別に変わらないじゃん。遊びに行くのもいつものことだし」

「じゃあ逆に聞くけど、別れなくてもいいんじゃないの。俺と付き合ってても何も変わらないんだろ」

　正論だけど、どこかおかしい気もする。

「まあ、付き合うっていうのが元々曖昧な話だし。結局のところ、こうして腑分けすると恋人とだけして親友としないことってセックスだけになってきてしまうんですよね、と」

「鳴花が納得いかないならキスとかセックスとかもするよ。だから別れるとか言わないでよ」

　直接的な言葉を言われて、一瞬怯《ひる》む。でも、これは園生が形振《なりふ》り構ってられないことの表れだ。そうまでしても、園生は可能性を潰したい。私と新太が付き合うことを阻止したい。そう思うと、この状況下での私と園生のセックスは、ある意味で新太と園生とのセックスではないだろうか？　セックスって、どうやら愛の行為のようだし。

「逆に何でやめたいの。この間新太に会って、ちょっとでも好きになれそうだと思った？　付き合いたくなった？」

「や、正直それはない……」

むしろあの時のことがあったから、一層確信した。三角関係の頂点のどこかが叶ったら、この関係は終わる。ややあって、私は言った。

「でも、そうなったら三人で映画に行くことはないのかもな、と思った」

「新太も俺が来るの嫌がりそうだしな。ままならないよな」

私達は三人とも仲が良いはずなのに、恋愛というものを差し挟んだだけでこうも上手くいかなくなってしまう。

「私と新太が付き合うのを阻止したところで、どうせいつかは新太も他の誰かを好きになるかもしれないよ。それについてはどう思ってるの」

「それはもうどうしようもないから諦めてる。だって、それに対しては俺に出来ることはないから。でも、目の前で起きてることはどうにかしたいじゃん」

あーでも、と園生が続ける。

「万一新太が誰かと付き合うなら、やっぱり鳴花がいいよ」

「もうそれ矛盾してるよ」

「分かってる。最終的には自分以外嫌なんだけど、その中でもやっぱり『どうせなら』

があるんだよ。いや、どうなんだろうな……」

「そうしたら知らない人間と付き合った方がマシだと思うけどな。私と新太の結婚式でスピーチ出来る？」

「出来ないかもな、流石に」

「だから園生は私と別れられないんだろうな」

確かにフェアかもしれない、と思う。今までと同じ輪を回し続けたいなら、私もその流れに乗るべきなのだ。ウロボロスみたいに、新太が私の尻尾を嚙《か》んで、私が園生の尻尾を嚙んで、園生が新太の尻尾を嚙んで、そこからぐるぐる回ればいい。

「不毛だしハッピーエンドじゃないなー」

「でも、安定はしてるだろ。誰が不幸になることもないし」

そう言う園生の中で、片思いは不幸なものじゃないんだろうか。

「いいアイデアだろ。鳴花は俺のこと好きになってよ」

「好きになれたらいいのにな」

軽く流したいのに、本気でそう言ってしまう。全ての好意を一旦均《なら》してもう一度輪を作るのだ。でも出来ない。

音楽のセンスがよく、憎まれ口をよく叩くけれど、何だかんだで付き合いがよく、手先が器用だから魚の干物ですら箸ですいすいと解体してしまう園生。好きになる要素は沢山あるのに、どうして恋は出来ないんだ？　今まで園生に恋をしてきた誰よりも、ディープに園生と関わってきたはずなのに。

これからもずっと園生と一緒にいたい。同じ墓に入りたいくらいなのに、どうして恋愛感情だけがついてこないのだろう？　何なら多分キスとセックスくらいなら出来なくもない。

でも、それをしたところで、こうして恋人の肩書きだけを共有して牽制し合っているのと変わらない。

それを考えたらなんだか泣きそうになって、醤油《しょうゆ》でひたひたになった酢飯をスプーンで掻《か》き込む。難易度の低いご飯を園生の前で食べるべきじゃなかったのかもしれない。素手で殻を剝かないといけないようなシーフードレストランに行けばよかった。春日井園生はそれを笑って見ていてくれる人間なのだから。

「好きになってごめん」

私の顔が引きつっているのに気がついたのか、園生がどうでもいいことを言う。

そんなことを言う園生は、遠回しに私に赦してもらいたがっている。新太も園生も、私達の間に順位付けをしてしまった。人を好きになるっていうのは、他の人間を一つ下に置くことなのだ。私を崖の下に置いて、それでもこちらを気遣わしげに覗《のぞ》いている。

私は自分を好きになった新太にも、新太を好きになった園生にも等しく怒りを抱いている。一人を選べる程度には、三人でいることを好きじゃなかった二人に失望している。だから、園生の望む言葉は言ってやらない。気のない相槌《あいづち》を返すと、園生がまた漣《さざなみ》のように静かに傷つくのが分かる。

こんな駆け引きをしたくなかった。駆け引きなんてゲームの中だけでいい。また三人で屈託無く遊べる日は来るんだろうか。

ずるいことに、私は園生に、新太に告白すれば？　とは言わない。新太が私を好きでいる以上、成功する可能性は限りなく低いし、もし上手くいったとしても、スピーチを読むのが私になるだけだ。そうなると、やっぱり寂しい。二人だけの写真が載ったスライドショーを見ながら、きっと泣くだろう。

だって、園生達のツーショットなんか、大抵私が撮っている。私と新太のツーショットが、往々にして園生の手で撮られたものであるように。

新太が顧問を務めている卓球部はなかなかの好成績を示し、とうとう地区大会にも出場するまでになったらしい。必然的に新太が休日に出なければいけないことも多くなり、私と園生は更に二人の時間を過ごせるようになる。

「部活とかって休めないの？　ブラックだろ」

度重なる予定のバッティングに、園生がそう唇を尖《とが》らせる。けれど新太は、首を振って言う。

「まあ、よくない部分だと思うし、休み潰されるのはだるいし、変えてかなきゃいけない部分だと思ってるけど、あいつらがいいとこまで行けるのは嬉しいんだよな」

新太のこういうところが好きだ。休日が潰されていてもなお、新太は自分の教えている生徒の快挙に素直に喜べるのだ。そういう人間が教師であるというのは得がたい。もし顧問から外れたとしても、新太は大会の様子を見に行ってしまうんじゃないだろうか。

そうじゃなくても、新太は普通に忙しい。今年は初めて三年生のクラスを受け持ったとかで、年末に向かうにつれてどんどん大変になっていくのが目に見えている。ただ、教師の仕事は新太にとっての天職だから、毎日充実していて楽しそうだ。

そこで私は気づく。恋愛とかそういう拗《こじ》れを抜きにしても、段々と新太は社会の方向へ寄っていってないだろうか？　だとしたら、こうして膠着《こうちゃく》状態を保っていても、普通に崩壊が目の前なんじゃ？　そんなことがあっていいものか。

*

「それもまた成長の一環なんですよ」

あれだけブラックだなんだと文句を言っていた園生は、二人になるなり落ち着いた声でそう言った。

「仕事も段々楽しくなってくるし、延々と宅飲みしたり、ゲームや映画の話ばっかりして寝落ちするような喜びとは縁遠いものになっていくんですよ」

「その語り口やめてくんない？」

「真理の話をしているので」

園生は全く卑屈になる様子もなく、つらっとそう言った。

待ち合わせ場所に来た時から、今回はいつもと話が違うなと思っていた。一泊二日分の荷物を用意しろと言われながら、何も聞かなかった私も共犯者だ。目出し帽を用意しろって言われて犯罪を予期しないのはただの馬鹿だ。

園生は私の分も福井行きの切符を取っていた。当然払おうとしたのに、頑なに拒否された。聞けば、旅館の手配も既に済ませているらしい。その周到さが私に向けられたものではないと知っているので、抵抗せずに受け入れた。

「福井って何があるの」

「んー、強いて言うなら東尋坊《とうじんぼう》」

「東尋坊があるとこか。なんかこう、嫌な連想するんだけど」

「今はそんな飛び込む人間いないってよ。まあ、死ぬ時は死ぬらしいけど、普通に観光地になってるらしい」

目玉であるはずの観光地について話しているのに、園生は殆ど熱のない声で言った。二人きりで旅行に行くのは初めてだ。旅に出る時はいつだって三人だった。二人きりで旅行に行くと、新幹線の二列シートで収まってしまう。窓際の席に座りたがる新太がいないから、本当に久しぶりに窓際に座った。

納期が厳しかったのだと言って、園生はそのままますやすやと眠り始めた。これもいつものことだ。移動中の園生は大抵寝る。その間、私は新太と二人でビールでも飲んで過ごしていた。なのに今日はワゴンもスルーして、ただぼんやりと窓の外を眺めていた。

そして福井に着いた時には、すっかり夜になっていた。

旅館の人が迎えに来てくれると言うので、駅前のベンチに座って待つ。ベンチには何故か二足歩行の恐竜の模型が優雅に腰掛けているものがあって、私達は自然とそれに座った。私と園生の間に恐竜を挟んだことでさっきよりずっと馴染《なじ》む。生徒の為を思って大会に随伴する新太は、自分が恐竜に挿《す》げ替えられていることを知らない。

「個室に露天風呂があって、そこから星が綺麗に見える、めちゃくちゃ遠いところに行きたい」

恐竜の向こう側で、園生がぽつりと言う。

「っていう話をしたことがあって。一番条件に合ったのがここだった。これから泊まるところ、個室に露天風呂ついてるんだぞ」

園生の話には『誰と』が抜けている。言われてようやく空を見上げると、ばらまいたような星が見えた。

それを見た瞬間、はっきりと理解した。

園生はブレない。私と付き合っているのは、自分の愛を守り通す為で、親友の私にこんなことを頼んでまで泰堂新太に恋人を作らせないようにしている。

ただ、あまりにもブレないので、こんなところまで私を連れてきてしまった。間接的な愛情表現は、結局間接的なものでしかない。だから園生はやはり新太とここに来て、新太と星を見るべきだったのだ。これで救われるものなんて何もない。

「露天風呂は楽しみだけどさ、やっぱりこれ馬鹿だよ」

「……うん」

「本当に馬鹿だ。それじゃないだろ」

「鳴花は三人で来たかったんだよな。分かってる」

分かった風に園生が言うけれど、それだとまだ足りない。もしこの福井旅行で、私が外されるようなことになるなら、私は旅行そのものも無しでいい。

ふと、園生が私を好きであってくれたら良かったのにな、という思いが過《よぎ》った。だったら、こんな醜い感情にも気づかずに済んだ。

園生が取っていた部屋は結構な広さで、予告していた通り露天風呂があった。その部屋の豪華さを見た私は、今までの微妙な気持ちを投げ捨てて素直に感動する。露天風呂からはちゃんと星が見えて、お伽噺《とぎばなし》がそのまま実現したような気持ちになった。ここにいるのは王子様でもお姫様でもないけれど、森の動物しか出てこない地味なお伽噺もある。

そして、部屋は一つだった。三人で旅行に行く時、私はいつも別部屋だ。結局園生と新太の部屋に転がり込むのが常だったけれど、旅行では免罪符のような使われない一室を取るのだ。荷物置きには広すぎるシングルルームを、そういうものだと思っていた日が遠い。

「同室ですね、園生さん」

「そりゃあ恋人同士で来てるんだから、同室にもなるでしょうよ」

園生が当たり前のように言う。私は頷く。

夕食の時、園生は珍しいくらいハイペースで酒を飲んだ。元々あまり酒が強くない方なのに。

けれど、酔っていくにつれ、園生は妙に陽気になって、嬉しそうに私の名前を呼んだ。新太の名前じゃなく、鹿衣鳴花の名前を。

そして、最近手を出したソーシャルゲームの話や、今作っている曲の話を始める。私も会社での馬鹿な失敗や、遊んでみたいボドゲの話をした。そのことがあまりに嬉しくて、震えた。二人でいる時に、こういう会話を久しくしていなかった。打てば響くような言葉の応酬が楽しくて仕方ない。私が鼻歌で歌うどんな映画の歌でも、園生はタイトルを当ててくれる。というか、うろ覚えの私では正解かどうかも判断出来ないから、園生が与えてくれるタイトルが正解になる。

私が放送部に入ったのは、昼休みの放送を自由に出来るという噂があったからだ。昼になると、よく分からない音楽の流れる学校を改革してやろうという革命の気持ちだった。

蓋を開けてみれば、昼に流れる妙な音楽は当時の校長が作曲したもので、校長作曲のダサい音楽を流す代わりに部員二名の弱小放送部が存続出来ているという恐ろしい裏取引が存在していた。

そんな分かりやすい癒着があるかよ、と思ったものの、部員三名の弱小放送部が愛おしくなってしまった私は、あっさりと革命を諦めた。

校内にメイドバイ校長の曲を垂れ流しながら、放送室内ではいつでも、新太が持ち込んだ音楽が流れていた。ピチカート・ファイヴだとかエレファントカシマシだとかの良さは分からなかったけれど、『ゴッドファーザー』のサウンドトラックは好きだった。

多分、園生の作曲のルーツはここだろう。自己愛の強い校長のクソ音楽なんかより、数段いいものを作る園生の音は、遡《さかのぼ》れば新太に辿《たど》り着く。

だとしたら、始まりが分からないという園生の『好き』は、あそこから来ていたんじゃないだろうか。好意の糸は際限なく長くなるものだ。

旅館の人が皿を下げ終わる頃には、園生は殆ど真っ赤になっていた。慌てて冷蔵庫の備え付けの水を飲ませると、人心地がついたのか、園生の目の焦点が合う。

「あー……ごめん。ちょっと飲み過ぎた」

「そんな強くもない癖に、調子乗って。こんなに飲むの三人でいる時だけじゃん」

「だからだよ」

「何が」

「めちゃくちゃ飲んだら、何か三人でいるような気分だった。やっぱり俺も、三人でいるの好きだわ」

その言葉で納得する。さっき園生がいつものように話していたのは、そこに新太がいたからなのだ。三人でいる時しかこんなに飲まない園生が、アルコールで手に入れようとした幻想！　やっぱり園生はブレないし、恋は怖い。呼ぶなよ。

そう思っていた矢先、園生が「もうやめようかな」と言う。

「やめるって何を？　こういう恋人ごっこ？」

「好きでいるの……」

「それがやめられたら苦労しないんだよな」

「でも、物理的に離れることで忘れられることもあるだろ」

その言葉を聞いて、畳に寝転んでいる園生の頭を思わず叩いてしまう。痛ぁい、と子供のような声が返ってきた。

「それが嫌だから福井まで来たんだけど」

「でも、これでまた三人に戻れるかもよ」

「ならない。そんなの、戻らない……」

今度は私が愚図《ぐず》る番だった。園生が失恋の傷を癒し、ただの親友として私達のところに戻ってきても、そこにはもう元の場所なんて残っていない。

私達はいい大人で、もう二十六歳になる。私達が変わらずにいられたのは、意図的に同じことを回し続けていたからだ。園生が半年でもいなくなれば、私達は変わってしまう。

「それで数年後に、あの頃は四六時中一緒にいたよなって思い出話にするつもりなんだろ。私はそんなの嫌だ。手の届く位置にこの生活を置いておきたい」

「……どうせその内何かがきっかけで駄目になるかもしれないぞ」

「だって新太は部活の遠征について行っていないんだもんな！　でも、関係無いから。

新太だって落ち着いたら私達を優先してくれる。絶対そうだ」

「だから、せめて鳴花だけでも新太と付き合っておけば、少なくともバラバラになることはないだろ」

「それは私の欲しいものじゃない。やめなくていいから、何処にも行かないで……」

いつだって園生は私の欲しい言葉をくれないので、困ったようにこちらを見るだけだ。変わらないものはないなんて尤《もっと》もらしい言葉は聞きたくない。それは、変わらないでいようと本気で努力した人間だけが言える言葉だ。

「でもなー、このまま全員家庭を持たないハッピーエンドってのも難しい気がするんだよな。俺は全然それでもいいんだけど。でも、鳴花と新太の子供はちょっと見てみたいな」

「うるさい。黙れ。ならそっちが産め」

「産めたら良かったんだけどな」

「ごめん、撤回する」

「いいよ、別に」

園生がからからと笑う。言うべき言葉はそれじゃなかった。

私が新太の子供と園生の子供を交互に産んだらどうだろう、ということまで考えてしまう。そんなことをしても、結局二人は交わっていないのに。雑魚寝の時に与えられた毛布と同じだ。少し違うか。いや、何が違うんだろう？　その特別さを見ないふりが出来るほど、私は甘やかされていただけなんじゃないか。

もうやめたい。こんなことを考えるのは二人にとって失礼だし、寂しい。というか、愛が紛れ込んだことで何でこんなに寂しいことになってしまっているんだろう。

「キスしてみようか」

潤んだ目のまま、園生が不意にそんなことを言った。

「………は？」

「鳴花が嫌じゃなきゃだけど」

「嫌ではない、けど。ていうか、園生はどうなの」

何でキスしてみようかになるのか、その流れで何がどうなるのかをすっ飛ばして、思わずそう聞いてしまう。

「俺達は殆ど同じなんだよ。嫌じゃないよ。俺は鳴花が好きだから」

その言葉が自分の心に綺麗に嵌まり込む。私が園生を好きであるように、園生は私のことが好きなのだ。私達は恋は出来ないけれど、キスは出来る程度に好きで、恋人ごっこだって出来てしまう。

園生が身体を起こす。目を閉じるのがセオリーだとは知っていたけれど、私達はお互いに目を開けたままそれをした。目の前にいるのが誰か、ちゃんと認識しておく為だ。

数秒にも満たない間だったのに、その温度から表面の荒れ具合まで、私ははっきりと味わう。離すタイミングが分からないので、私は終始園生に任せていた。初心者染みた話だけれど、私は息を吸うのも忘れていた。

そうして息を再開した瞬間から、地獄のような恋が始まる。

*

キスをしてから、園生はいつものように笑って「何も変わらなかったな」と言った。仰るとおり、キスを終えても園生はまるで変わらなかった。何故なら私は鹿衣鳴花で、彼の愛する泰堂新太ではないからだ。私も「何も変わらなかったね」と程度の低い嘘を吐《つ》く。それから何も始まらなかったから、きっと私は上手く騙《だま》し仰《おお》せたのだろう。でも、そんなことはなかった。そこから布団を敷き、二人で並んでただ眠る間も、私は園生に恋をし続けていた。そう、キスをした瞬間から、私はすっかり園生が好きになってしまっていたのだ。

最初に思ったのは、園生はよくこれに耐えていたな、ということだった。思い返す度に行き場の無い熱を感じ、さっき別れたばかりなのにもう会いたい。理性では判断がつくのに、もっと根源的なところが言うことを聞かずに暴走する。福井旅行から帰ってから、私には明確な変化が訪れていた。春日井園生のことを考えるだけで手が震え、妙な焦燥感と多幸感が胸を焼く。

駄目だ。心が脳にしかないこと、分かってしまった。ちゃんと繋がっている。唇を触れあわせたことで、私の脳は勘違いを起こしてしまったのだろう。キスしたんだから好きな相手なんだろうと、過去に遡って理屈をつけようとしている。この世に両思いの人間が多い理由を知ってしまった。

元々私は春日井園生という人間が普通に好きだったのだ。だから余計に効くのだろう。好意の水がいっぱいにまで入ったコップがキスで揺らされれば、あとはもう溢《あふ》れるばかりだ。

もし園生と付き合うことで新太が離れてしまっても、それでもいいと思うほどだった。これか、と私は思う。それは、園生も形振り構わず戦おうとするわけだ。

私の頭にはウロボロスの図がはっきり完成してしまっていて、それは新しい安定の形にも思えるけれど、そうじゃない。こんなものは安定じゃない。普通に苦しい。

あれから、園生とは連絡を取っていない。いつも週末に近づくと連絡を取り合って、新太がいるなら三人で、いないなら二人で遊びに行く予定を立てた。つまり、それ以外では特に連絡を取らなかった。なのに、その不文律を破って、私は園生に連絡しようとする。

これはまずい、と本気で思う。

だから、対策を講じた。

私は園生に連絡しようとする身体をどうにか抑えつけて、ちゃんと園生と離れて過ごす。この状態で園生に会えば、これは更に悪化するだろう。まるで疫病のような対処だが、それ以外に手立てがなかった。

意外にも、この方法は上手くいった。

キスから一週間も経《た》てば、自分の中にあった熱が大分治まっていることに気がついた。園生のことが好きでたまらない、という気持ちが段々と薄れていっている。勿論《もちろん》、まだ園生のことは意識している。でも、理性を失うほどじゃない。

ベッドの上に寝転がり、深呼吸をして天井を見上げた。

恋愛の深みに嵌まらなくてよかった、と心の底から思う。冷静に考えれば、キス一つで好きになったかもしれない、なんて思う方がおかしい。

……でも、現に私は少しおかしくなっていた。今は多少落ち着いているけれど、もう一度同じことになったら分からない。同じことをしたら、同じ反応を引き出せるかもしれない。それを隙間《すきま》無く重ねていけば、私は恋が出来るのかもしれない。

私は二人を選ぶことが出来る。

それが分かってしまった瞬間、前提が覆ってしまう。

どうしよう。私は、新太のことを好きになれる。心がついていかなくても、恋人の型に嵌められるだけで。

＊

週末は、まるで見計らったかのように園生が不在だった。依頼されていたものが終わらず、週末は缶詰めになるのだという。納期に追われて旋律と睨み合う園生は、大変だけど充実している。

入れ替わるように新太の部活が落ち着いたので、今度は新太と二人きりになった。

「タイミング悪いよな、園生も」

「ラフマニノフが降りてくれれば合流出来るかもしれない」

「でもまあ、鳴花とサシも珍しいしな。これはこれで」

勤勉な新太は、今の今まで禁酒を貫いていたらしく、久しぶりの居酒屋で嬉しそうにビールを飲んでいる。

「おすすめ、金目鯛《きんめだい》の開きだって」

「へー、珍しいな」

そう尋ねると、新太は当然頷く。金目鯛は写真からも分かる通り、骨が多くほぐすのに苦労しそうだった。こんなのは、例の先輩の前や他の友人の前では食べられない。難易度十だ。きっと骨を上手に外せなくて、身は消しゴムの滓《かす》のように細かく裁断されるだろう。でも、みっともない姿になった金目鯛を、新太はきっと何も言わずに食べてくれる。

案の定、私は金目鯛を派手に損なう。自分でも引くような有様になっても、新太は何も気にせずに骨と身とワタが散らばった皿に箸をつける。頼めばほぐしてくれるが、基本的に新太は私の自主性を尊重する方針だ。

「相変わらず下手だな」

「ずっと思ってたんだけど、こういうのって免許とかあるんですかね。どう考えてもこの店に来る人間の大半は骨を上手く除いて大きな身を食べられるわけですよ。何故かおかしい」

「でも、食べられれば同じだろ。金目鯛は味が濃いし」

「この尻尾近くとか、食べ物とは思えない固さじゃん？　ここを箸一つで攻略するのはどうやってんだろう」

「その場合箸一つっていうか箸一膳じゃないか？」

新太が笑う。

私達は近況報告と雑談をしながら、楽しくお酒を飲む。

その中でもやっぱり一番の話題になっているのはここにいない園生の話だった。

私と園生が新太の話ばかりするのと同じだ。不在を言葉で埋めている。園生と新太が二人の時は、私の話をしているんだろうか。自分の葬式を見てみたいのと同じ気持ちで、その場に居合わせたくなる。

こうして向かい合ってお酒を飲んでいる最中も、私は新太からの好意を感じている。新太は私のことを本当によく見てくれている。どんなことでも真剣に聞いてくれるし、多分、大切にされている。焼き鳥を串から外して小皿に移して、難易度を下げてくれるのが愛じゃなくてなんなのか。なんて馬鹿なことも思う。

私は新太のことが好きだ。園生のことを愛しているように、新太のことも愛している。好意の水は等しく新太のコップにも溜《た》まっていた。ここで新太とキスでもして、脳に踏ん切りさえつけてしまえば、私は新太と付き合える。園生のことを不幸にして、ただの幸せを手に入れられる。

だって、本当は知っている。三人で一緒にいようなんて分の悪い賭けだ。私にも、園生にも、新太にも、他に好きな人が出来る可能性がある。そうなったら、この小さく完結する世界も終わる。そうでなくても、いつか私達は変わってしまう。

なら、たった一人でも手に入れて、自分の手で終わりにすることの何が悪い？　そもそも、傍目《はため》にはこれはハッピーエンドじゃないのか。

私達は親友であることをやめて、一つの家族と一人の友人になって、疎遠にはなるけれど絶縁はしない。適切で成熟した関係になっていく。

新太が、何かを言いたそうに私を見ている。告白される予感がする。あるいは、今日のところは様子を見て、次に言おうと思っているのかもしれない。

この膠着状態を打破する術《すべ》は知っている。私が先に新太に告白してしまえばいいのだ。私は、私が、きっと新太のことを好きになれると知っている。キスの一つで水が溢れ、かつての自分を裏切れると知っている。

「なあ、鳴花」

その時、新太が不意に真剣な顔をした。グラスを置く音がやたら耳に反響する。穏やかだけど重い音だ。

「どうしたの？」

空々しく聞こえませんように、と祈る。

まだ躊躇《ためら》いがあるのだろう。新太は視線を彷徨《さまよ》わせていた。

「……そういえば、今度あの映画の続きやるんだって。ほら、鳴花が好きだって言ってたやつ」

とても大切なことを言いかけたはずの新太が、そう言って少しだけ矛先をずらす。

新太が挙げたタイトルは、三年前に二人で観に行った映画だ。サスペンス要素があって、会話が洒落《しゃれ》ているやつ。アクション要素もちりばめられていて、ラストの大団円っぷりもご都合主義で愛らしかった。これなら園生も飽きずに観られるだろうという映画だった。

あの日、エンドロールを観ながら、私はそこにいない園生のことを考えていた。タイトルが長いものは難しそうだから、と拒否した短絡的な園生のことを。

そう思ったら、もう駄目だった。

春日井園生が常にそこにいない幸せなんか、私は全然欲しくないのだ。

そして私は、静かに一線を踏み越える。

「三人で観に行きたい」

「え？」

「あれさ、結構ドンパチもあったし笑えるところも多かったし、音楽も良かったから、今度は園生も連れて行こう」

「あいつ好きなタイプの映画かな」

「行って寝たら仕方ないよ。連れて行こう」

私がはっきりと言うと、新太は少しだけ残念そうな顔をする。今までなら気づかなかった微細な変化だ。でも、私は新太の心の奥にある感情を知っている。その正解を知っている。この文脈であの映画の話をする裏に、二人で行きたいという気持ちが紛れ込んでいることだって。

でも、私は敢《あ》えて知らない振りをする。きっと新太が望まないタイミングで、無理矢理にでも春日井園生の話をする。園生が来ないはずだった映画に、園生の席を用意する。酷い話だろう。私は全てを知りながら、新太の恋路を邪魔している。でも、これは戦いなのだ。

春日井園生が自分の愛の為に戦ったように、私も私の為に戦っている。

「そうだな。というか、あいつはタイトルだけで判断しがちだし、そこで損してる」

「そうだよ。三人で観たら意外と面白いかもだし、結局寝たって思い出だよ。全然嵌まらなかったら、全然嵌まらなかったって話をしよう」

それを聞いた新太が笑う。それを見て、私は密《ひそ》かに確信する。

二人で行けない映画を惜しく思っていても、新太は三人で行く映画が嫌いじゃないのだ。何故なら、泰堂新太は春日井園生の親友でもあるからだ。その気持ちがある限り、私達は輪の中から園生を弾《はじ》き出せたりはしない。ややあって、私は言う。

「あ、電話だ。園生かも。ちょっと出てくる」

「本当にラフマニノフが降りてきたのか？」

「だといいけど」

　そう言って、私はうんともすんとも言っていないスマートフォンを携え、外に出る。嘘を吐くのに慣れてきている自分が恐ろしい。そして、私は園生に電話をする。修羅場であっても、２コールで園生が出た。

『あれ、新太と飲んでんじゃなかったっけ』

　不摂生が祟《たた》っているのか、園生の声は掠《かす》れていた。きっと、本気で余裕が無いのだろう。それでも私は、身勝手に言う。

「今から来い」

『え？』

「納期も分かるけど、今ここに来るしかないんだよ。仕方ないから、帰ってから徹夜しろ」

『そんな無茶言われても』

「三人でいれば、新太は告白してこないよ」

　電話の向こうで、園生が息を呑《の》む。

「私はもう、園生と二人で遊びに行かない。新太ともだ。どんな時だって三人でいる。それ以外は全部要らない。約束するよ、園生。私は私の愛の為に戦う。だから、園生も形振り構わず三人でいることを優先してよ。止めたいんだろ、バッドエンド。私が新太と付き合わないようにするのに一番効果的なのは、三人でいることだよ」

『それ、俺がやったことと同じじゃん』

「そうだよ。お前が新太を取られたくないように、私もこの三人を取られたくないんだよ。これからは、園生がタイトルだけで敬遠してた映画の続編にも来てもらうからな」

『やだよ。薄々気づいてたけど俺と二人の映画の趣味ってマジで合わない……』

「いいからさっさと来いって。あのいつもの居酒屋にいるから。この店、ラストオーダー閉店三十分前までだからまだ飲める」

私はそれだけ言うと、さっさと通話を切った。スマホを仕舞って店内に戻る。席に着いたら「園生来るってさ」と言ってやるつもりだ。返事はまだ聞いていないけれど、きっと三十分も経たずに来るだろう。趣味の合わない映画にだって渋々付き合う。三人でいることに尽力してくれる。何しろ、園生は泰堂新太を愛しているのだ。

園生が園生自身を人質に取って自分の愛を守ろうとしたように、私も園生の愛を人質に取って自分の愛を守ってやる。

考えようによっては、私は酷いことをしてるんだろう。それでもいい。園生も新太も私も、全員が等しく愛の為に戦う日々がこれから始まるのだから、これはフェアプレイだ。歪《いびつ》なウロボロスを作って、私は強引にそれを回す。

誰かが自分の愛情を諦めた時、この輪はあっさりと終わるだろう。あるいは、新太や園生が本心を騙《かた》らなくなった時、またカタルシスが起きるのかもしれない。でも、それは今じゃない。なら、あともう少しだけこうしていたい。

私は串付きで残っている焼き鳥を一本取ると、これから来る園生の為の小皿を用意する。それは私が今表せる、一番穏当な形の愛だからだ。

私は泰堂新太を愛するように、春日井園生のことを愛している。

君が作家だと知る三ヶ月

十和田シン

契約社員として雑貨店につとめていた杜宮ハルは、真夜中の公園で、ひとりすべり台の上にいた。過去を思い出し、駅前で買った小説を読む。物語にひたるハルの前に、暗闇の中からひとりの男が現れて……。静かな夜の、不思議な出会いからはじまる、恋と〝小説〟を巡る佳作。

十和田シン（とわだしん）
ノベライズ作家、シナリオライター。別名義である十和田眞の名前で『恋愛台風』を執筆、小説デビュー。また、奥十の名前で漫画家として活動する。コミックス『マツ係長は女ヲタ』発売中。漫画家・石田スイ氏のＳＬＧ『ジャックジャンヌ』のシナリオを担当。石田氏の「東京喰種」シリーズや「ＮＡＲＵＴＯ」シリーズの小説を担当する。

1

「あなたはやっぱり作家さんだよ」

　穏やかに伝えた言葉は、強く響いて、あなたの瞳を涙で揺らした。

　くたびれたビル明かりと、お情け程度に置かれた街灯が、真夜中の公園をぬるく照らしている。

　公園の中心には、あちこち塗装が剝げたすべり台。その階段を、ギシギシと音を立てながら上る人がいる。

　すべり台で遊ぶ無邪気さなんてとっくの昔に通り過ぎた、御年二十九歳の成人女性だ。

「……高い」

　女性は、すべり台のてっぺんで息をつく。

　本来の使い方をするのであれば、土埃《つちぼこり》にまみれたすべり口にスカートの汚れなど気にすることなく大胆に腰掛け、思いのほか鋭角な傾斜を躊躇《ちゅうちょ》なく下っていくべきなのだが、女性——杜宮《もりみや》ハルは、すべり台のてっぺんにとどまり、バッグの中からおもむろに小説を取り出した。

「懐かしい」

ハルは表紙をじっと見つめ、そしてページを開く。文字で綴《つづ》られた別世界。読むごとに、その中へと溶け込んでいけるはず——だった。

「暗くて読みづらい」

人が聞けば当然だと呆《あき》れることだろう。

ハルは眉間によったしわを親指でぐっと押しつぶし、小説についてきた書籍レーベル紹介チラシをしおり代わりにはさんで空を見上げる。

四方を活気のないビルで囲まれた公園から見上げる空は、まるで額縁の中に閉じ込められた絵画のようだ。

星空でも収まっていれば本日のハイライトになっただろうが、空は厚手の雲に覆われ、星どころか月も行方不明。こちらの感受性頼りの鬱鬱怏怏とした絵画だ。それがハルの状況に酷似していた。

杜宮ハルは、今日、仕事を辞めた。

職場は未経験者歓迎をうたっておきながら即戦力を求める、人の出入りが激しい年季の入った大型雑貨店。

一年保てばいい方で、三年勤めればベテラン扱いのその職場で、契約社員として約五年勤務したハルの地味ながらも真面目な働きぶりは、仕事の評価よりも面倒ごとを押しつけられる回数ばかりを更新していった。

それでも、粛々と働いていられたのは、「仕事なんてこんなもの」という諦めに近いわりきりが出来ていたからだ。

仕事に対する充実感や、満足感がなかったとしても、生活のためにこのままなんとなく働き続けるのだろう。そんなぼんやりとした将来像が、ハルの隣でいつもうずくまっていた。

突然、上司に呼び出されるまでは。

——おめでとう、杜宮さん。

満面の笑みとともに聞かされたのは、正社員登用の話だった。

給料が上がり、今までついていなかった保障が付加され、より安定した生活が送れるという。

そして、ありがたい責任が増え、休み返上で働きたくなるほど人に頼られ、より長い時間仕事について考えられるようになるのだ。

感謝しろと言いたげな上司の前で、ハルの表情は硬く強張《こわば》っていく。

霞《かすみ》がかっていた未来が突如クリアになり、ハルの隣でうずくまっていた将来像が、突如立ち上がって指し示した。ハルの足下から遥《はる》か彼方《かなた》まで伸びる一本道。細く、頼りなく、逃げ場のない、煤色《すすいろ》の道。

上司が今すぐ返事をよこせと言わんばかりの表情でハルを見ている。

ハルは思った。

——無理。

今期の契約期間満了をもって仕事を辞めることにした。

話は瞬時に広がった。

仕事に対してなんの不満もなさそうに黙々と真面目に働いていたハルが、正社員の話を蹴って仕事を辞めるだなんて信じがたかったからだ。

「杜宮さん、もう二十九でしょ？　きちんと人生設計した方がいいよ」

ハルにしょっちゅう仕事を押しつけていた年長者ほど、訳知り顔でそんなことを言ってくる。

それは、退職日である今日も同じだった。向こう見ずで愚かな二十九歳という生き物を叩《たた》きたくて仕方がないらしい。

そして最後は笑顔で「いつでも戻ってきていいのよ」と言っていた。ハルは心の中で手を合わせる。

——ありがとうございます、さようなら。今生来世でご縁がありませんように。

職場から足を踏み出したハルの心は解放感で満たされ――なかった。仕事に絡めた将来への不安から、見通しが立たない自分の人生への不安にバトンタッチされたにすぎないからだ。

真《ま》っ直《す》ぐ家に帰る気にはなれず、だからといって行く当てもない。ハルは駅前を一人さまよい歩く。

すると、ふと目に入ったものがあった。

「書店……」

どしんと構える大型書店の明かりがハルの足下まで伸びている。

「本……そうだ、小説……」

子供の頃から本を読むのが好きだった。その中でも小説はハルに様々な感情を与えてくれた。

ハルは引きよせられるように書店に入る。

棚の中、並ぶ小説の背表紙を見て、無性にホッとした。安心出来る場所に帰ってきたかのような温かさがあった。

物色しているうちに閉店の音楽が流れ、ハルは数冊を相棒に店を出る。

今すぐ本を読みたい。だが、我が家という独りぼっちの空間に帰るには、まだ勇気が足りない。そうかといって、仕事終わりの社会人が楽しげに往来する駅前は息苦しい。

ハルは明かりを避けるように、細い道へと入って行く。

そして見つけたのだ。暗闇の中、すべり台がぼんやりと浮かびあがるこの公園を。

読書場としてすべり台のてっぺんを選んだのは、ハルとしても説明しがたい行動で、明らかなミスチョイスだったが。

「……どうしよう。あ、そうだ」

ハルはスマホを取り出すとライトを点灯した。それを右手に構え、左手で小説を支える。ページを開き、ライトで照らすと小説の文字が明るく浮かび上がった。

そこまでしてここで小説を読む必要があるのかと訊《き》かれれば、そうだとしか言えない。

ハルは再び本を開く。

初めは違和感があった。スマホライトも小説も落としそうになった。だが、徐々にめくるページがなめらかになっていく。物語が頭の中を駆け巡る。

小説には、遠い昔に置いてきたハルの夢が詰まっていた。

淀《よど》みきった心の中、少しだけ、澄んだ風が吹き込んだような気がした。

「おねーさん。何読んでるの？」

「えっ」

足下から突然、男の声が響いたのは、物語が佳境にさしかかった時だ。

驚いて見下ろすと、暗闇の中、ぼんやりと明るい何かが浮かんでいる。

それが、男の染められたプラチナブロンドの髪だと気づくのに、数秒かかった。

「小説？」

年は二十代前半だろうか。綺麗《きれい》な髪色に負けない端整な顔立ちで、口元にはゆったりとした笑みが浮かんでいる。語り合うには勇気がいる相手だ。

「言っとくけど俺よりもおねーさんの方が不審者だから」

反応出来ないハルを見て、警戒されていると感じたのか、男が笑みを深くする。

「あと、俺が興味あるのはおねーさんが読んでる小説だけ。正確に言うと、こんな時間こんな場所で、こんなごくごく普通の女の人がスマホライトを当てながら夢中で読んでる小説」

ハルの警戒心を解こうとしているのか、自意識過剰だと嗤《わら》っているのかわからない。もしかすると、両方かもしれない。

ハルは滑り台の手すりの隙間から手を伸ばして、「これです」と読んでいた本を彼に差し出す。

男は表紙のタイトルと作者名を確認したあと、本をひっくり返して裏表紙に書かれているあらすじを見た。

体験上、暗くて読みづらいだろうと反射的にライトで照らすと、男がパッと顔を上げ、ライトのついた携帯を見る。余計なことをしたのではないかと焦ったが、男が「ありがとう」と感謝してくれたのでホッとした。男はライトで照らされたあらすじをじっと読む。

「恋愛小説？」

そう、ハルが読んでいたのは恋愛小説だった。

オールジャンル何でもこだわらず読むのだが、今日はこの本が読みたい気分だったのだ。

男はページを開くことなくハルに本を返す。

「恋愛小説って、つまらなくない？」

今まさにその恋愛小説を読んでいる人間に対して不躾《ぶしつけ》なもの言いだ。

だが、彼くらいの年頃の男性が女性向けの恋愛小説に対してそういった感想を抱いたところで、波立つ感情はなかった。

「人それぞれでしょうね」

ハルは受け取った小説をバッグにしまい、携帯のライトを消して立ち上がる。

そのまますべり台の階段を降り、この公園から、いや、この見知らぬ男の前から去ろうとした。

「でもさ」

ところが、今下りようとしていた階段を男が上ってくるじゃないか。

目的が見えず、ハルは慌てた。男がどんどん近づいてくる。逃げるなら、すべり台本来の使い方をするしかないのだが、決断を下せないまま、階段を上りきった男が隣に並んだ。窮地に立った時、自分は考えるばかりで行動に移れず真っ先に死ぬタイプに違いない。

「恋愛小説って死ぬと思うんだ」

「え」

だが死ぬのは恋愛小説らしい。

「おねーさんの周りで恋愛してる人、いる?」

この年頃の男性から「恋愛」という言葉を聞くのがまず珍しかった。不思議と力が抜け、ハルは答えを探すように周りの人とやらを頭の中で思い浮かべる。職場の人間しか思い出せない人間関係の狭さが切ないが、たいしてない記憶の引き出しから恋愛というワードを探す。それそのものは見当たらないが、その結果だろうものは散見した。

「つき合っている人や、結婚してる人はいました」

「その人たちが恋愛してるとは限らないよね。妥協や諦めで辿《たど》り着いた関係かもしれない。俺思うんだ。大半の人間は恋愛に飽きてる」

ハルはなるほどと思った。この人は個性的だ。

「恋愛って、種の保存に世間体まで加わって、一大コンテンツとして人間につきまとってきた。でも、今、徐々にだけど多様性が認められ、結婚に依存しない生き方も形成されていってる。恋愛は人間の生活から遠くなり、数ある趣味のひとつ程度になっているんだよ。それなのに、前時代の記憶が更新されないまま、恋愛ものはウケると勘違いしたヤツらが需要のない世の中に向かって恋愛小説を放出してる」

男は「恋愛小説に限ったことでもない」と続ける。

「小説自体がそうだ。娯楽が増えた今、小説を読む必要性なんて低下する一方。自力で能動的に読み解かなきゃいけない小説よりも、しゃべって動いていつでも見られるネット動画の方がずっと楽。差別化するように文学の尊さ高尚さを声高に叫ぶ人がいるけど、持ち上げられたものを見上げるなんて肩が凝って疲れるだけ。その時代に寄り添えるくだらなさと寛容さがなければ、どんなものでも老いて死ぬ。小説も死ぬ」

ハルは数時間前まで滞在していた書店の小説棚を思い出す。あれが全て死ぬとは思えない。

だが、男の言葉は淀みなく流暢《りゅうちょう》で、彼の中で何度も反芻《はんすう》された答えだろうことがわかった。

だから思ったのだ。

「あなた、小説を書いたら？」

「え？」

「それだけ真面目に小説のことを考えている人が書いた小説って、面白そう」

読み心地の良いものではないかもしれないが、彼にしか書けない小説が生まれそうだ。読んでみたい。素直にそう思った。

男は数秒、探るようにハルを見つめてくる。だが、言葉以外の意味は読み取れなかったのだろう。突拍子もないことを言い出したハルを嗤うように目を細めた。

「書いてたよ」

「書いてた？」

「小説家だったからね、俺」

彼の小説論は、それを生業《なりわい》にしてきたからこその思想だったのか。

しかし、ひとつ引っかかることがある。

「小説家『だった』？」

まだ年若いだろう彼が昔を振り返るように語るじゃないか。

「うん、辞めたから」

「どうして」

「小説が嫌いだから」

もったいぶることなく、ハッキリと、彼は言いきった。

「仕事に嫌気がさして辞めた。それだけの話」

男の視線がふわりと浮いて、空を見上げる。

そこにあるのはビルの額縁に飾られた味気ない曇天の空。

ただ、彼の明るい髪色が月明かりのように見えた。

「……私も仕事辞めたの。今日」

自然とそんな言葉が口をついて出た。

男が「へぇ」とハルを見る。

「鮮度のいい話題だね。どう、辞めてすっきりした？」

「全然。だから、現実逃避に小説を読んでた」

「逃げれた？」

「ほんの少しね」

「その程度なら読む必要ないんじゃない？」

ハルは首を横に振った。

「今の私がほんの少しでも気持ちが楽になれるって、天と地がひっくり返るくらい劇的で、すごいことなの。だから、読んで良かった」

ハルが静かに微笑《ほほえ》む。頰の筋肉が硬くて上手《うま》く笑えなかったが。ここ最近、ずっと笑えていなかったことをそれで知る。これも、小説がくれた劇的な発見だ。

「あなたが書いた小説も、誰かにとってそういうものだったんじゃない？　読んでみたかったな」

話しているうちに、心が軽くなっていった。だから、思ったことがそのまま言葉になった。

相手のことなんか、なにひとつ考えずに。

「無責任だね」

冷たい声。

ハッとして見上げると、男は熟れた傷から血がにじみ出すような、そんな顔をしていた。

「ごめんなさい」

ハルは即座に謝罪する。男は「いーえ」と心ない返事をした。

そこから、沈黙。

好き勝手話してしまった自分の至らなさが恥ずかしい。

「……それじゃあ」

ハルは、バッグを手にこの場から去ろうとした。

「待って」

しかし、阻むように、男がすべり台の階段前を陣取る。謝罪が、誠意が、足りなかったのだろうか。

男の唇が開くのを、ハルは審判を待つ子羊のように震えて待った。

「じゃあ、俺に小説を書かせてみてよ」

思いがけない提案に、ハルは「えっ」とうわずった声をあげる。

「あれこれ講釈たれたけど、こうやって恋愛小説を楽しく読んでいるおねーさん相手に話すには、破綻した理論なんだよね、これ。なのにいつまでもつっこまずに聞いてくれるから正直恥ずかしかったよ」

先ほどの表情とはうって変わり、彼はおどけている。

『仕事』に対する答えは出して、今後関わるつもりもなかった。でも、真夜中の公園、すべり台の上で小説を読むおねーさんを見て、いつの間にか声をかけていた」

彼は「おねーさん、さっき言っていたよね」と確認するようにハルを見る。

「小説のおかげでほんの少し気持ちが上向いた、些細《ささい》でも自分にとっては天と地がひっくり返るくらい劇的な変化だって。今の俺もそれだ。これが育てば俺はまた小説を書くようになるかもしれない」

男がハルの方へと一歩足を踏み出した。

「過去のものは捨てたから読ませることは出来ないけど、新しいものならいくらでも見せてあげる。だから俺に小説を書かせてみてよ」

最後の言葉には熱がこもっていた。

「……まぁ」

その熱が、すぐに冷めていく。

「『なんで私がそんなことしなきゃいけないのよ』ってお話だろうけどね」

男が自分の提案を嗤うように身を引いた。

「……どうしたらいいんですか？」

追うように、ハルが尋ねる。虚をつかれ男は目を丸くした。

「何をすれば、あなたの小説が読めますか？」

どうして私が、という気持ちは少なからずあった。

でも、それ以上に、彼の小説を読んでみたいと思う自分がいる。彼の描く世界が見てみたい。

意外だったのか、男が戸惑うように視線を泳がせる。しかし判断は早い。

「とりあえず、明日も会うってことでどう？」

ハルは頷《うなず》く。

「時間はそっちに合わせるよ。俺、今、無職だから。ああでも夜がいいな。十九時くらいがちょうどいい」

合わせるという言葉の意味を調べたくなるが、ハルはそれにも「わかった」と頷いた。

何せハルも、明日から無職だから。

「おねーさん、お名前は？」

「杜宮ハル。木へんに土の杜に、宮はお宮さんの宮で、ハルはカタカナ」

「ああ、神社の神域なんかを指す『杜』ね」

男が指先で『杜』を書く。

「みんなにはなんて呼ばれてる？」

「大体『杜宮さん』」

「だったら俺は名前で呼ぼうかな。ちなみに、年下じゃないよね？」

「二十九、です」

「敬語が無駄にならなくて良かったよ、ハルさん。俺は二十二」

彼の推察もハルの見立ても正しかったようだ。互いに年相応の面立ちをしているのだろう。

「あなたの名前は」

「俺の名前、そのまま作家名なんだよね」

名前を知れば作品に繋《つな》がってしまうということか。どうすればいいのか迷っていると、彼が「適当に名前をつけて」と言ってくる。名前、そんな大事なものを勝手に決めていいのだろうか。しかし、名前がないことには全ては始まらないような気がする。

「……じゃあ、リョウで」

思いついた名前を伝えると、彼は頓着することなく「ＯＫ」と答えた。

そして彼――リョウは、ハルの横を擦《す》れ合うほどに近い距離で通り過ぎて、すべり台の急斜面を一気に駆け下りて行く。

「また明日、ハルさん」

そう言って、彼は去って行った。

公園がまたハル一人だけの世界に戻る。だけど、一人で本を読んでいた時とは違った。明日のことさえ見えていなかったハルに、明日の予定が出来たのだ。

ハルはバッグの中からもう一度、小説を取り出す。表紙をそっと撫《な》で、もう一度空を見上げた。


「……ん？　えっ⁉」

編集部。一人残り新規企画書を作成していた編集者は思いがけない人物からの電話に目を見開く。慌ててスマホを耳に押し当てた。

「先生！　先生ですか！　ずっと心配していたんですよ！　えっ、……何か変わるかもしれない？　それって、どういう……あっ！」

突然かかってきた電話は、その勢いのまま即座に切れた。

2

十八時五十四分。約束の時間、六分前。薄暗く狭い公園には誰一人いなかった。

ハルは公園の中心に足を進め、すべり台を見上げる。

どうしてあの場所で小説を読んでいたのか、改めて考えてみてもわからない。なんだか夢の中の話のようだ。

彼――リョウとの会話もそう。

小説家だったリョウに、再び小説を書かせる。そのやりとりは本物だったのだろうか。彼がここに現れない方が、いっそ自然に思える。

時計を確認する。十八時五十九分。

「今日はすべり台の上にいないんだね、ハルさん」

振り返ると、明るい髪色が視界の中に映り込んだ。リョウが軽く右手を挙げて歩み寄ってくる。

「すべり台の上じゃないと話が出来ないわけじゃないなら、場所を変えてもいいかな、ハルさん」

昨晩の奇行が今になって恥ずかしくなった。

リョウに連れてこられたのは、公園から歩いて五分ほどの距離にある、赤煉瓦《あかれんが》壁の喫茶店だった。店内はガランとしており、誰もいないカウンター席には丸い水槽がある。水草が伸びやかに生い茂っているが、魚の姿は見えない。隠れているのだろうか。

店員にはカウンターではなく四人がけの席を勧められた。先にリョウが腰を下ろし、斜め向かいにハルが座る。

「お好きなものをどーぞ」

メニューを渡され、ハルは紅茶を、リョウはコーヒーとナッツを頼んだ。さほど間を開けず注文の品が揃《そろ》い、リョウがナッツをテーブルの中央に置く。食べていいということだろう。

さて、ここからどうすれば良いのか。

リョウはハルに任せるとでも言うようにコーヒーを飲んでいる。

不用意なことを訊いて、彼を傷つけるのはためらわれた。それこそ、昨日のように。

反面、その不用意な言葉が、彼の『小説を書かせてみろ』という発言に繋がっている。だったら、臆しながらも思いのまま、真正面からぶつかるべきなのか。

「……どうして小説が嫌いなの？」

思いきって尋ねてみる。リョウの表情に変化はなかった。

「小説を読んでいると、作家の思念を感じて気持ち悪いんだ」

「思念？」

「小説って、作家の自我の叫びでしょ。登場人物の言葉や、物語の展開、作中の世界が導き出す答えに作家の人間性がにじみ出ている。小説を読んでいると、それを浴びるように感じて、なんていうのかな……」

リョウは言葉を吟味するように首をひねって、納得するものが見つかったのか、うん、と頷く。

「作者のざらついた思念で脳みそを舐《な》められているような気分になる。そういうところが嫌い」

ハルにはその感覚がイマイチわからなかった。ただリョウも、ハルの理解は求めていないようだ。「これは俺の感覚だから」と補足する。

リョウはそれに、と続けた。

「小説の最初の一文、必死で練ったんだろうなとか、飽きがこないようにここで事件起こしたんだろうなとか、この無駄に見えるやりとりが後々の伏線になるんだろうなとか……」

リョウの指先が、テーブルをタン、タンと叩く。まるで嫌いを数えるように。

「ああ、やっぱり伏線だったんだ、だったらここから怒濤《どとう》の伏線回収で、エンディングはどんでん返し、ほらやっぱり予想通り……って具合に、小説がパーツで見えちゃって。

上手く話にのめり込めないんだ。そういうところも嫌い」

　これは、同業者ゆえの悩みなのかもしれない。

「あと、こねくり回されてゴテゴテに装飾された文章を見ると、胃もたれを起こしそうになる。中でも恋愛小説。恋愛小説に出てくる比喩って、シロップに浸されてぐしゅぐしゅに崩れたスポンジケーキを無理矢理口に押し込まれているみたいで嫌い」

　彼の比喩に、想像したハルの胃までくたびれてしまいそうだ。

　でも、聞きながら思ったことがあった。

「あなたって、ものすごくたくさんの本を読んできたのね」

　リョウは「普通だよ」と軽く返す。

「一年で、何冊くらい読んでいたの？」

「一年？　……どうだろ、覚えてない」

「毎日読んでた？」

「それは、まぁね」

　普通だろ、と言わんばかりの表情だ。

「ハルさんはどうなの？」

「私？　私、毎日は読んでないわ。昨日読んだのも久しぶりだった」

「小説が好きなのに？」

「うん、そう。気が向いた時に読むの。人を圧倒するような熱量や、情熱を感じさせる習慣性はないわ。でも好き」

リョウはふーんと鼻を鳴らす。

「ハルさんの『好き』ってなんだか綿菓子みたいだね」

「どういうこと？」

「甘くて、ふわふわしていて、すぐにしぼんじゃいそう」

リョウがにこりと笑う。悪意なんて全くありませんとでも言うかのように。実際は、そうではないのだろうけど。

だが、彼の笑顔はすぐに息を潜めた。

「でも、ハルさんはずっと好きなんだよね」

消えてしまった感情を、懐かしむような声だ。

「……昔は小説が好きだったの？」

「………」

リョウの言葉が途切れ、おとずれた沈黙に傷の香りがした。反射的に、顔をそらしてしまう。視線は居場所を求めるように、右に左に泳いだ。

そして、カウンターに置かれた水草揺れる小さな水中ビオトープにいきつく。やはり魚の姿は見えない。

「ハルさん、逃げ癖あるよね」

リョウの口調は穏やかだった。パッと見た彼の顔も声色通りで傷はない。ただ、ハルの表情は強張っていた。リョウの言葉が鋭利に突き刺さったからだ。

自覚があったからこそ。

「……私、自分が苦手なことや嫌いなものをすぐに避けてしまうところがあって」

言葉が口をついて出る。

「仕事を辞めたのだってそう。ぼんやりと、なんとなく働いていたところに、正社員の話がきて。自分の未来が急にクリアになって、怖くなった。それで、逃げた。逃げたって何も解決しないのに」

ハルは「でも」と言葉を継ぐ。

「あなたは、自分の嫌いを見続けたのよね。小説……」

「……言語化されると不毛に感じるな」

「少し、羨ましい。何も知らないくせにと思うだろうけど、そういう嫌な部分を見続けるのって、私には難しいことだから」

もしかしたら、とハルは思う。

「あなたなら、嫌いな恋愛小説だって面白く書けるのかもしれない」

「ええ？　書かないよ」

「でも『書けない』じゃなくて、『書かない』なんでしょ？」

書く力は備わっているということではないのか。

「それは……」

リョウが考え込むように俯《うつむ》く。再び重苦しい沈黙が流れた。ハルは膝の上に置いた手をぎゅっと握る。リョウの言葉を真正面から待った。

「書かない、書けない……。……そうか」

リョウが苦々しげに呟《つぶや》く。そして机に手をつき、立ち上がった。

「すみません、お会計」

「えっ」

それはおしまいの合図。訳もわからぬまま、ハルも荷物を手に立ち上がろうとする。

それをリョウが「気にしないで」と制した。

「じゃあ、一週間後、また同じ時間にここで」

こちらの返事を待たず、喫茶店のドアは未練なく閉まった。

ハルはぺたんと椅子に体を落とす。今度は喫茶店に自分一人。

「…………」

何かが始まったのだろうか。

「……恋愛小説を書く⁉」

編集部内にとどろいた声。何事だという無数の視線を感じ、編集者は慌てて頭を下げながら、廊下に出た。

「恋愛小説って……ええ、ええ、確かに言いました。あなたは恋愛小説を書くべきだって。でも、それが逆に先生を追いつめた」

編集者は電話先の相手に「申し訳なかったです」と頭を下げる。

「だからこそ、どうして。……えっ」

曲げた体が今度はのけぞった。

「書きたくなった？」

3

十八時四十分。

喫茶店のドアを開くと、一週間前とはうって変わって店内は明るく賑《にぎ》わっていた。

約束の時間より早めに来た自覚はあったが、念のため客の顔を確認する。やっぱりリヨウの姿はない。

後からもう一人来ることを伝え、ハルはカウンター席に座った。そこには、先週から気になっていた丸い水槽がある。

中には大小様々な水草が、それぞれの場所を守るようにゆらゆらと揺れている。だが、魚の姿はやはり見えない。

「……魚、何匹かいるはずなんだけど、隠れているね」

耳のすぐ傍で声がして体が跳ねた。

見ればリョウがハルの背後から身を乗り出すようにして水槽をのぞき込んでいる。ハルの驚きにも気づかない。

「半透明の体に、オレンジのラインが入った小さな魚がいるんだ」

距離の近さに緊張しながら「へぇ」と返す。

「臆病だから隠れているのかもな」

「どこにいるんだろう……」

「流木の下とか？　あとそうだ。だが、プロット出したよ」

「えっ⁉」

ハルの隣に腰掛けながら、ついでのようにリョウが言う。

「プロット。小説の設計図みたいなもんだね。それを編集者に出した。ＯＫだとさ」

なんてことないように言っているが、ハルにはプロットを出すのがどういうことなのかわかった。新しい物語が彼の中にあるのだ。

「じゃあ、小説が書けるように……」

リョウが、カウンターに肘をつき、こちらを向いてにこりと笑う。その笑顔にハルの気持ちがスッと冷めた。彼がこうやって笑うのは、否定的な感情を持っている時だ。

でも、プロットを作れたというのは大きな変化だと思う。良かった。心の中で呟いた。一体どんな内容なのだろう。ハルの中に「もしかして」と「そんなはずはない」がぐるりと回った。

「……恋愛もの?」

リョウはどうだろうねと誤魔化すようにメニューを見た。答える気はなさそうだ。深追いして、創作意欲を削《そ》いでしまっては元も子もない。何を注文するかは既に決まっていたが、話を流すようにハルもメニューをとって眺めた。

「ハルさんさ」

「はい」

「もし、恋愛小説を書くならどんなこと書く?」

意外なことにリョウが話を蒸し返す。質問の内容自体にも驚いた。

「私が?」

「好きでしょ。実体験でも書く?」

「それは……」

「あ、すみません、コーヒーとナッツ」

「あっ、私は紅茶で!」

「それで、どうなの?」

入れ替わる会話に混乱しそうだ。小説を書くのに必要な工程なのだろうか。

「実体験は書かないというか、書けないかな……」

何度かつき合ったことはあるが、なんとなく気になるくらいの気持ちから始まって、そのままなんとなく別れた。つまらなすぎて、小説の題材にしようがない。

そういえば、と思い出す。

リョウと初めて出会った時、恋愛小説に絡めてハルの周りに恋愛している人はいるかと訊かれた。つき合っている人や結婚している人ならいると答えたら、それが恋愛に繋がるとは限らないと彼は言っていた。今思えば、自分がそれかもしれない。彼の持論は意外と当たっている。

「自分をモデルにしてもなにひとつ盛り上がりがないから、夢を書くんじゃないのかな」

「どんな?」

「小説を読んでくれる人が楽しんでくれそうな夢の世界」

「具体的に」

ハルは少し悩んで、そうだ、と水槽を見る。

「夜の水族館でデートとか？」

「ありがち」

リョウは下らないと言いたげだ。

「そのありがちを経験したことがない人が山ほどいると思うの、私みたいに。それに奇をてらって難しいことを説かれても、わからないから。簡単に出来そうで出来ないことと一緒に、リアルに共感出来る感情があれば、それでいいな」

ハルは「あなたは？」と尋ねる。

「あなたならどんな話を書くの？　それこそ、実体験をネタにするの？」

彼なら経験も豊富だろう。リョウは首をひねる。

「人とつき合うなんて年相応の性衝動がメインだったから、恋愛なんて呼べるものじゃなかったよ。俺の実体験を小説にしたら、それこそ奇をてらったものになりそう」

「でも、そういう小説の方が楽しめる人も多いんじゃない？　人って、凡庸なものより、奇抜なものを求めるから」

「ハルさんの好みじゃないいんじゃない？」

「でも、読むわ」

ハルとは違う視点を持つリョウの小説は面白いだろうから。

だけど、そんなハルの気持ちが、ここにきて彼の心を波立たせたようだ。

「ハルさん、期待しすぎじゃない？」

突き放すようにリョウが言う。

「そんなことは……」

「あるよ。小説嫌いな人間が書く小説なんて、たかが知れてる」

まるで自分を卑下するように彼は言葉を吐き捨てた。

「好きだからってすごいものが作れるとは限らないよ」

反射的に、ハルは言い返していた。

「好きだからこそ失敗したり、達成出来なかったりすることはある」

「でも、好きだったら、どんな努力も苦にならない。呼吸するように書くことだって出来るはずだ」

「好きってそこまで万能じゃないよ」

「俺が好きだった時はそうだった！」

「…………！」

荒らげた声に、店内が一瞬で静まりかえった。店員が、心配するようにこちらを窺っている。

しかしリョウ本人が誰よりも自分の声に驚いていた。

「ごめん」

リョウが力なく謝罪する。

「大丈夫、気にしないで……」

「無理だよ」

リョウが顔を伏せる。彼のじくじく熟れていた傷が、再び裂けて赤い血を流しているかのようだ。

——好きだった。

彼の叫びが頭の中でこだまする。

好きと嫌いは同じ根から生える白と黒。

「ねえ、ハルさん」

呼びかけるリョウの顔は俯いて見えない。ハルは極力普段通りの声で「なに？」と返した。リョウの次の言葉はなかなか出てこない。ハルは根気強く待った。

やがて、彼が言葉を絞り出す。

「もし俺が、小説家じゃなかったら、どうする？」

「え……」

「小説家だっていうのはウソで、プロットを渡したのは俺の脳内編集者で、世に出ることのない不毛な小説を書き続けているとしたら」

リョウが顔を上げ、ハルを見つめる。

「どうする？」

リョウは笑っていた。

言葉の真偽はわからない。だが、ここで選択を誤れば全てが終わるのはわかった。

そして彼のこの笑顔が、救いを求める手なのだろうことも。

ハルは必死で考えた。しかし、彼の心を読むのは難しかった。思案の果てに正解が導き出せるとも思えなかった。

だったらと。

ハルは思ったことをそのまま声にする。

「あなたの小説が読みたい」

リョウが息を呑《の》んだ。

「小説家じゃないのに？」

「こんな大どんでん返しを作れるんだから、きっと面白い小説が書けるわよ」

彼の顔から笑顔が消えた。どこか大人びていた彼が、幼く見える。

何かを堪《こら》えるように俯いた彼を尊重して、ハルは水槽へと視線を移した。

そして見つけた。

「あ、魚だ」

魚が数匹連れ立って泳いでいる。だが、すぐに水草の陰に隠れてしまった。水槽の中はまた、水草の世界。そもそもこの水槽の主役は、魚ではなく水草なのかもしれない。水の中、心地良さそうに揺れる水草は、風に揺れる木を彷彿《ほうふつ》とさせる。

「……森みたい」

ハルの表情がほころんだ。

「……あ」

リョウの口からほろりと無防備な声が漏れた。自然とそちらに顔を向ける。

彼の目は大きく見開かれ、驚きや戸惑いと一緒に、ずっとなくしていたものを見つけ出したような輝きを宿していた。

「それだ！」

リョウはパッと弾《はじ》けたように手帳を取り出す。そして勢い良く文字を綴り始めた。

「プロット、作り直す」

止まることなく動く指先は、体中に血を巡らせる心臓のようだ。その鼓動が、好きも嫌いもかき消し、新しい世界を生み出していく。

——この人はもう書ける。

自然とそう思った。

ハルはメモ用紙に自分の連絡先を記すとそれをカウンターに残し、そっと立ち上がる。

あと腐れなく、振り返らず、だけど心の中でエールを送り、喫茶店をあとにした。

「………」

空はあいにくの曇天。星もなければ月もない。

だが、ハルの表情は明るかった。

「……良かった」

しみじみと、じわじわと。

「良かった……」

4

「ふぅ」

駅前にあるカジュアルな雰囲気の喫茶店は人々のざわめきがＢＧＭのようで心地良い。

ノートパソコンに向かって作業していたハルは、いったん手を止め冷めたコーヒーを飲む。

ハルが仕事を辞めてから、およそ、二ヶ月がたった。今は絶賛就職活動中だ。

人生設計がたったわけでも、将来に対する漠然とした不安が解消したわけでもない。

しかも再就職は難航している。それでも前向きに取り組めるのは、苦しみながらも前進したリョウの姿が大きかった。

彼とはあれ以降、会っていない。それでいいと思う。

多分、彼はずっと不安だったのだ。それを一人で受け止めきれず、ハルを必要とした。

それはハルも同じ。己の空虚さに向かいきれず、彼の力になることで自分から逃げていた。でも、今は違う。

彼の小説を読みたいという気持ちに変わりはないが。

「んー……」

時刻は十八時半。作業は思うように進まないが、そろそろ切り上げて自宅に戻ろう。

「あれ」

そこで携帯が鳴った。登録していない番号だ。首をかしげて電話を取る。

「はい、もしもし……」

「——ハルさん？」

会えなくてもいい、そう思っていた。

けれど、久々に聞いた彼の声は、思いのほか強くハルの胸に響いた。

「……リョウくん？」

「久しぶり。今、会える？」

ハルは仕事道具をかき集め、バッグに詰め込むと、駆けるように店を出た。

ハルがいた場所から赤煉瓦壁の喫茶店まではそう遠くなかった。

ハルは喫茶店の前、スマホをいじるリョウを見つける。声をかけようとして、止まった。

「あっ……」

彼の表情は、驚くほど穏やかで、憑《つ》きものが落ちたかのように澄んでいたから。

「……ん？　ああ、ハルさん、久しぶり」

立ち尽くしていると、リョウが気づいて歩み寄ってくる。声が柔らかかった。

「急にゴメン。大丈夫だった？」

「え、ええ」

ハルは平静を装い、喫茶店へと足を踏み出す。それをリョウが「違うんだ」と制した。

「違う？」

「行きたいところがあってさ」

リョウが先導するように歩き出す。どこに行くのだろうと思っていると、大通りに出た。リョウが大きく右手を上げ、タクシーを止める。

「先どうぞ」

促されるまま、後部座席の奥に座り、隣にリョウが座った。

タクシーの運転手が「どちらに行かれます？」と訊いてくる。

「すみません、ここに……」

リョウが場所を指示するようにスマホ画面を見せた。運転手が頷いて、ハンドルを切る。

「あの……」

「ごめん、到着するまでに仕事片づけるから」

リョウが申し訳なさそうにそう言って、スマホ画面に視線を落とす。

夜の街を、タクシーが進んで行く。一体どこに行くのだろう。

「……あ」

ふと、思いついた場所があった。

もしかして、目的地は——


水族館は夜だというのに多くの人たちで賑わっていた。

入り口には深い蒼《あお》を基調にしたポスター。「夜の水族館」と書かれている。

「今日までだって」

リョウが財布の中からチケットを二枚取り出した。

「行こう」

落ち着いた照明に照らされて泳ぐ魚たちが自分を見ろとでも言うかのように、右に左に忙《せわ》しなく泳いでいる。喫茶店で水草に隠れていた魚たちとは大違いだ。

でも、ハルの意識は魚ではなくリョウにばかり向いていた。

「校了したよ」

彼がそう言ったのは、魚が群れを作り、その周りを巨大魚がゆったり泳ぐ大水槽の前だった。

「え……」

「来月、新刊が出る」

ハルの心臓が跳ねる。

「あなたの？」

「俺の。……実際手に取るまでは、俺も信じられないけどね」

冗談を言うような軽さで、リョウが言った。

でもすぐに神妙な面持ちになる。

「……この前は、ウソついてゴメン」

もし自分が小説家ではなかったらと訊いたことについてだろう。

「ハルさんがあまりにも楽しみにしてくれるものだから、勝手にプレッシャー感じちゃって。自分でも、意味不明なことを言った」

「じゃあ……」

「作家だよ。小説家。ウソじゃない」

リョウが断定する。しかも過去形ではない。

「少し、俺の話をしていい？」

ハルは彼を真っ直ぐ見つめ、頷いた。

「小さい頃から本が好きで、中でも小説が好きだったんだ」

リョウが小学生だった頃、親の仕事の都合で海外に住んでいたそうだ。

現地での暮らしは悪いものではなかったが、いかんせん、母国語に餓《う》えていた。そんなリョウのために、両親は小説を買い与えてくれた。

美しく綴られた日本語の物語はリョウの心を躍らせ、それこそ暗記するほど繰り返し読んだ。

中学生の時、日本に帰国したリョウはますます本に没頭した。なにせ読みきれないほどの本が街に溢《あふ》れている。小説を読んでいるうちに中学を卒業し、高校生になったリョウは今までとは違う欲求が芽生えた。

自分も小説を書いてみたい。自分が書いた本が欲しい。

今まで読んだ本を土台に、見よう見まねで小説を書くようになった。拙《つたな》く辿々《たどたど》しい内容だったが、書き上げた時の喜びは格別だった。

いつか叶《かな》える夢への第一歩として、リョウは初めて書いた小説を賞に応募した。そして次の作品にとりかかった。

しかし、二作目を書き上げるよりも早く、連絡がきた。

受賞したと。

喜ばしいことのはずなのに、リョウは納得がいかなかった。リョウがこれまで読んできた小説の中で、もっとも、そして比べようもないほど自分の作品が下手だったからだ。

こんな小説に賞なんて貰《もら》えない。

だが、自分が初めて書いた小説が本になるというのは、たまらなく魅力的でもあった。

その誘惑にあらがえなかった。

今は拙くても、いずれ納得出来るものを書けばいい。経験を積めば実力も伴ってくるはず。だからいいじゃないかと、自分に言い聞かせた。

でも、いつまでたっても納得出来るものは書けなかった。

リョウはヒントを探すように自分が好きだった作品を手当たり次第読むようになった。

テーマは？　構成は？　最初の一行は？

しかし、そんな視点で見ているうちに、パズルのピースが散らばっていくように小説のストーリーが全く頭に入らなくなったのだ。

慌てて、小説を自分の仕事に関連づけて読むのをやめた。でも遅かった。

次第に、小説の悪いところばかりが目につくようになっていた。

気づけば、小説の悪いところばかりを探すようになっていた。

いつのまにか、小説がどれだけ下らないか、批判ばかりするようになった。

もはや小説を書くのも読むのも間違っている。

乱暴な持論を正義に掲げ、リョウは作家を辞めた。

でも、気持ちは晴れなかった。

そんな時だ。真夜中の公園で、スマホのライトを当てながら小説を読んでいる変な女を見つけたのは。

小説を読むなんて、リョウの世界じゃ大罪人だ。どれだけ愚かなことをしているのか、思い知らせてやろうとした。

だが、ハルはそんなこととはつゆ知らず、けなすためにあらすじを読もうと目を細めたリョウの手元を、スマホライトで照らしてくれたのだ。

『優しい』と思った。それに、心が緩んだのかもしれない。

彼女のライトに照らされて読んだあらすじは、面白かった。

ゾッとした。自分のとんでもない過ちまで、照らされたようで。

そして彼女は言った。

――あなた、小説を書いたら？

嬉《うれ》しかった。あんなに嫌っていたはずなのに、誰かにそう言ってもらえたことが。

彼女の存在は、奈落の底に垂らされたクモの糸。それに縋《すが》った。

「ハルさん、ずっと言うんだもん。あなたが書いた小説、面白そうって」

リョウが一秒ごとに形を変える魚の群れを見上げながら笑う。

「前……俺が馬鹿なウソをついた時もそうだ。たとえ作家じゃなくても、俺なら面白い小説が書けるって。それを聞いて、バカみたいに思ったんだ。俺の小説は、どうしようもなく拙いけれど、ハルさんにとっては、面白いものかもしれない。だったらもう、それで良くないかって。そう思えたからだろうな。ハルさんの言葉が、小説のアイデアとして頭に入ったのは」

無心で手帳にアイデアを書き込んでいたリョウの姿が思い起こされる。

「あのあと、家に帰って久しぶりに自分の小説を読んだよ。俺のデビュー作。まー、下手だったね。でも、笑えたんだ。可愛《かわい》いもんじゃないかって。そうやってあの時の自分を肯定出来たら、俺の中の濁りが綺麗に濾過《ろか》されていった」

だから彼は澄み渡り、地に足がつくようになったのだろう。

「……ハルさん」

リョウがこちらに向き直る。

「一ヶ月後、あの公園で俺の小説を渡すよ」

見下ろす瞳は穏やかだが少し寂しげだ。

「そこで『リョウ』って人間は消える。俺は自分に戻る。……お別れだ」

たまたま偶然、あのすべり台の公園で居場所をなくした人間が混じり合って、そして、それぞれまた元の世界に帰って行く。

それでいいのだと思った。なぜか、上手く笑えなかったけど。


自宅に辿り着いたハルは、ソファーにドサリと座り込んだ。しばらく動けず、ぼんやりする。

「どんな小説なんだろうなぁ……」

言葉にして、そちらに意識を向けようとした。でも、気持ちがついてこない。

ハルはソファーの背もたれに身を預け、天井を見上げる。真四角な天井は、すべり台の上で見た、ビルの額縁で飾られた空に似ていた。味気なく、つまらなく、そっけない。

「……違う」

ハルは首を振る。

「あの時とは、一緒じゃない」

彼との時間を無駄にするつもりか。ハルはぐっと奥歯を噛《か》みしめると体を勢いよく前に倒した。足下に投げ捨てられていたバッグの中から取り出したのはノートパソコン。

それをテーブルに叩きつけるように置いて、開く。

「……逃げない」

ハルの指先がキーボードをはじく。画面の中、文字が踊り、泳ぐように生まれていく。集中力は途切れることなく、世は明るくなり、太陽がてっぺんに上り、そしてまた沈んでいった。

キーボードを打ち始めてから、十数時間。右の中指でエンターキーを叩いたハルの動きがピタリと止まる。

「……終わった」

ハルはソファーに身を投げる。眠気は一瞬でおとずれた。

目が覚めたのは、携帯が鳴ったから。ハルはのしかかるような疲労感を払うように起き上がる。スマホを耳にあてた。

「先生、先生！　小説拝読しました！　月並みな感想ですが、非常に面白かったです！」

彼はハルの担当編集者だ。

「そうですか、良かったです」

「やっぱりいいですよ、先生の恋愛小説。また読めて良かった。こちらの内容で進行させて頂ければ」

「はい、よろしくお願いします」

電話を切って、ふっと息をつく。

杜宮ハルは小説家だった。

子供の頃から小説が好きで、ちょうど高校生の頃、自作の小説をネットに公開するようになった。ジャンルにこだわりはなく、思いつくまま気楽気ままに。

その中のひとつ、恋愛小説が高い評価を得て、出版社から書籍化の話をもらったのはちょうど二十歳のころ。

デビュー作は注目された勢いのまま、版を重ねた。流れに乗るように二作目、三作目に取りかかる。その忙しさを優先し、ハルは就職せず、作家業に打ち込んだ。

だが、思うような結果は出なかった。

売り上げは目に見えて落ちていき、本を出す度に、部数が減った。

それでもデビュー作の影響で、仕事はポツポツと舞い込む。ハルをこの世界に誘ってくれた編集者も、ずっと目をかけてくれていた。

いつかデビュー作を越えられる作品をと思いながら書き続け、四年。下がり続けていた部数は止まり、少ないながらも一定数のファンを得て、一般的な会社員よりも年収は劣るが、つましく暮らせば生活は出来る程度の年収で安定し始めた。作家として仕事が途切れないことを羨む人もいたくらいだ。

でも、思ったのだ。

——私はもう、これ以上、上には行けないんだろうな。

それに、安定しているとはいえ、同等の力を持つ新人が現れれば、将来性を見込まれてそちらに仕事が流れていく。

社会経験もろくになく、家にこもってばかりで人との出会いがない自分が、三十、四十になった時、仕事が全てなくなってしまったら、どうなるのか。

思い至ってゾッとした。

デビュー作を世に出した時は、広く長く続けていきたいと思っていた道が、ぷつりと途切れているのが見えた。

——私の人生、詰んでる。

ハルは作家業を辞めた。担当編集者は、引き留めてくれたが、逃げるように。

小説とは関係のない、全く新しい仕事に就いた。それが、二ヶ月前に退職した大型雑貨店だ。そして、また逃げた。小説といういずれ途切れる道からも、正社員登用という続いていくだろう道からも。

自分なりに真面目に生きているつもりだったのに、二度目の失敗だ。

——これからも同じ過ちを繰り返していくのだろうか。

もう、考えるのも嫌だった。

そんなハルの目に飛び込んできたのだ。駅前の書店が。そして、見つけた。本棚の中、たった一冊残っていた、自分のデビュー作を。

ハルは思わずその本を手に取っていた。そして、読んだ。真夜中の公園、すべり台のてっぺんで。

小説はまるで日記のように、当時の気持ちをハルに蘇《よみがえ》らせた。将来への希望に満ちあふれた息吹だ。

もし、諦めることなく描き続けていたら、どうなっていたのだろう。

ちょうどその時だ。リョウに声をかけられたのは。

彼の想像力は『嫌い』という気持ちとばかり絡み、ねじれて、首に巻きつく麻縄のようだった。

でも彼は、苦しみながらもあがいているように見えた。だからこそ読みたくなった、彼の小説を。

それだけじゃない。自分も無性に書きたくなった。それが今日、完成した。

書いて思い出した。小説を書くのは、面倒くさい。その上、きつくて辛《つら》くて面白くない。寝て起きたら全て完成していないかなと靴屋のこびとを探すようなマネをしてしまう。

でもこびとが勝手に書いていたら怒るだろうし、不意におとずれる『書ける瞬間』や、頭の中にあったシーンに到達して文章化出来る喜びはたまらない。何より、書き上げた時の達成感と寂寥《せきりょう》感、嬉しいと哀《かな》しいが混ざり合い、疲労とともに溶けていく感覚がハルは好きだ。

「……小説、続けよう」

ベースとなる仕事を持ちつつ、兼業作家として。若い才能に負けないように張り合って。彼が進み出したように、自分も進むのだ。

5

リョウと水族館に行ったあの日から、約一ヶ月が過ぎた。

「ハルさん、今、時間ある？」

いつも突然な男だ。

新しい仕事先で電話をとったハルは「仕事があるから無理」とすっぱり返す。電話の向こうのリョウは一瞬面食らって、でも面白そうに笑っていた。

「じゃあハルさんの都合がいい日に」

いよいよこの日がやってきた。

それから数日後。ようやく時間を作れたハルは、公園に向かう。

待ち合わせは十九時。時間通りに到着して公園に入ると、何を思ったのか、リョウがすべり台の上にいた。

「どうしたの」

見上げた彼はにっこり笑うだけで降りてくる気配がない。ハルは意図を察して、諦めたようにすべり台の階段を上り、彼の隣に並ぶ。

するとと、彼が鞄《かばん》の中から一冊の本を取り出した。

「はい、どーぞ」

「これ……」

「俺の新刊」

差し出された本を、両手で受け取る。

表紙には深い蒼をたたえた海の中、一人漂う寂しくも可愛らしい少年のイラスト。

タイトルは『海底《かいてい》の杜《もり》』。

「児童文学……？」

「いかにも俺が書いてそうでしょ？」

否定されることを前提にした言葉だろう。

素直に「意外」と返した。

「俺が繰り返し読んでいたのは、児童文学だったからね」

早く読みたくて、思わずページを開く。すると、リョウがスマホのライトをつけ、ハルの手元を明るく照らした。

『その日、海の深くに一人沈んでいた僕は、魚の群れの先、揺らめく海藻の向こうに赤い鳥居を見つけた』

喫茶店、丸い水槽の中、揺れる水草たちが蘇る。

主人公は十二歳の男の子。海の中を漂っていた彼が鳥居をくぐると、そこにあるのは海の国だった。独特な進化を遂げた海の生物たちは少年を突然、警察官に任命する。ホタテの立てこもり事件や、シャコの強力パンチによって繰り返される水中車上荒らし、迷子クラゲの家捜し。海の国では次から次に突飛な事件が起きる。だが、抱えている問題は人間たちとさほど変わらない。それを解決していきながら、少年が自分の居場所を探す物語だ。

子どもたちがこの本に胸躍らせる姿が見える。大人たちがどこか懐かしく想《おも》える幼い青春がそこにある。

全て読み終えたハルの胸を満たしたのは、リョウという人間の才能を繋ぐことが出来たことへの安堵《あんど》だった。

ハルは、そうだ、と改めて表紙を見る。そこにはタイトルと一緒に白瀬《しらせ》求《もとむ》、という名前が刻まれていた。これが彼の本当の名前だ。

『リョウ』は消え、彼は本来の自分に戻る。

「あなたの苦しみがいつか終わればいいと思ってた」

それが来たのだ。

ハルは彼の目を見て、しっかりと伝える。

「……面白かった」

心からそう思う。

「やっぱりあなたは作家さんだわ」

リョウが「ありがとう」とハルの言葉を大事そうに受け取る。

「ハルさんもね」

「え」

リョウが鞄の中から、もう一冊本を出した。

ハルの体が驚きに跳ねる。

「それ……」

数日前に刊行されたハルの恋愛小説がそこにあった。

「どうして」

唖然《あぜん》としたまま問う。

「ハルさんがすべり台で読んでた本、あのあと買って読んだんだ」

それは、ハルのデビュー作。

「驚いたよ。作品の所々に、ハルさんを感じたから」

リョウはハルの新刊をじっと見下ろす。

「この作家の作品、全部買って読んだ。その全てに、ハルさんを感じた。ハルさんが自分の感性に近い作家の本を選んでいるだけかと思ったよ。でも、違うんだ。全ての本のセリフが、ハルさんの言葉のように聞こえるんだ」

それにさ、とリョウが続ける。

「ハルさんは、俺の苦しみに詳しすぎた。まるで自分も、似たような経験があるかのようだ。話していて会話があまりにもスムーズだから、作家仲間と話しているような気分になったよ」

だったら彼は、ハルが作家ではないかと思いながら接していたのか。

「そんな矢先、知ったんだ。この作家さんの新刊が久しぶりに出るって。タイトルを見て、確信した」

『了《りょう》』

リョウが表紙に印字されたタイトルを指さす。

ハルやリョウをモデルにしたわけではない。なにせハルは自分の現実を書くのが苦手だから。全く別の男女の、恋の終わりを書いた物語。

ただ、その内容にあまりにも似合うから、了と名づけた。

それともうひとつ、潜めた言葉がある。リョウが、ページをめくって、読みあげた。

「『あなたの苦しみがいつか終わりますように』」

リョウがハルにそのページを見せる。

「ハルさんの本だよね？」

ハルはぐっと目を閉じる。そして、頷いた。リョウがふっと息を吐く。

「面白かったよ」

「…………！」

リョウがしみじみと、穏やかに。

「あなたはやっぱり作家さんだよ」

ハルの全てを認めるように、リョウが言った。その言葉にハルの視界が滲《にじ》む。

「あなたは小説を書くべきだ」

これまでの苦労が全て報われるような、不思議な感覚だった。

ありがとう、そう伝えた声がかすれている。

「……ハルさん、俺さ。小説と一緒に、作家名である自分の名前も嫌いになっていたんだ。でも、やっと受け入れることが出来たから、これからは本名でしっかり生きていこうと思っていた」

リョウが「でも」と笑う。

「本のタイトルにまでなった、自分のもうひとつの名前を捨てるのは惜しいな。リョウも俺だ。これからも好きなように呼んで」

ハルは戸惑った。

「でも、今日でお別れだって」

水族館で彼は確かに言ったのだ。それが、ハルの胸を痛ませたのだから、間違えるはずがない。

「あれは『リョウとしては』ってことだよ」

「ウソ。もう二度と会わない、そんな風に言ってた」

リョウがうーんと首をひねる。

「確かに、ハルさんがそう受け取るだろう言い方をした」

「どうして」

「そう言ったら、ハルさんがどんな反応をするか見たかったから」

「どうして」

意味がわからないハルに、リョウが「わかってよ」と少し拗《す》ねたように言う。

その言葉に、今まで体験したことがない、浮き立つような甘さが走った。

「それにしてもさ。ハルさんの小説、面白かったけど主人公のフラれ方は好みじゃないな」

一呼吸おいて、彼は言う。

「ハルさんは好きな男を射止めたってのにさ」

転生勇者が実体験をもとに異世界小説を書いてみた　乙一

現代に転生した、異世界の勇者。本を読むのが好きな彼は、こちらの世界でも物語を読んでいる。主にスマートフォンで。小説投稿サイトで物語を読むうちに、自身でも投稿をはじめるのだが……。著者自身が愛読する「なろう」小説への敬慕に満ちた挑戦作。

乙一（おついち）
『夏と花火と私の死体』で第6回集英社ジャンプ小説・ノンフィクション大賞を受賞し、デビュー。『GOTH　リストカット事件』『ZOO』『失はれる物語』『Arknoah』『The Book』など著作多数。名義を複数持ち、近年は映像作品のシナリオや監督を担当するなどの活躍も。

1

シーリムで暮らしていたときから本は好きだった。シーリムは現代日本のようなすぐれた印刷技術と物流をもった世界ではない。国に一つだけある図書館を出入りできる者は限られていたが、俺の場合、特別な許可が与えられていた。確か王都壊滅の危機を救った際の褒賞として、本の閲覧許可を求めたのだ。その程度の褒賞では波風が立つと言われ、爵位を与えられたが、面倒なだけだった。

力が覚醒する前の俺は忌み子としてあつかわれていたから、村でいつも一人で過ごさなくてはいけなかった。そんなときに心の支えとなったのが英雄たちの冒険譚《たん》だ。大昔の偉大な英雄たちの伝承はいつも俺に生きる希望を抱かせてくれた。知恵と勇気で苦難を乗り越え、最後には人々を救って賞賛を手に入れる。そういう剣と魔法の話が好きだったから、今もよく読んでいる。スマートフォンで。

「なあ、ちょっとお前、立ってみて」

スマホでネット小説を読んでいたら声をかけられた。ファーストフード店の店内は混んでいる。ちいさなテーブルをはさんだ二人がけの席に俺は座っていた。

他校の制服を着た二人組の男子生徒が、フライドポテトを載せたトレイを持って俺を見下ろしている。

「え？　立つ？」

「そう、立つだけでいいよ」

なんだかわからないが、言われたとおりに立ってみる。それを待っていたかのように、二人組が俺の座っていた席にするりと腰かけてしまった。にやにやしながら彼らは言った。

「しばらく待てば他の席が空くとおもうから、そこに座れよ」

テーブルに置いてあった俺のトレイを邪魔そうに床へ置く。ようやく俺は、席を強引に取られたのだと気づく。そばに座っていた他の客が何人かこちらを見ていた。軽い羞恥心がある。

「そこ、俺が座ってたんですけど」

男子生徒二人組はポテトを食べながら、うるさい蠅《はえ》を追いはらうように手をひらひらとふった。くっちゃ、くっちゃ、と口を開けて咀嚼《そしやく》している。席を返してくれる気はなさそうだ。俺は聖人ではないので、このまま席をゆずる気はない。精神感応を使うことにする。言葉に力を乗せて、そいつらの魂に命令した。

「立て。そしてこの店から出て行け。さもなくばおまえたちの魂を冥府の犬に食わせるぞ」

シーリムで暮らしていたころに使えたような、地平線まで灰燼《かいじん》と化すような魔法はもう発動できない。しかし、初歩的なスキルである精神感応であれば使用できることがわかっていた。

二人組の男子生徒は、お互いに目を見合わせると、用事でもおもいだしたかのように立ち上がって店から出て行く。彼ら自身、なぜ自分がここから立ち去らなくてはならないのか理解できなかったはずだ。周囲で聞き耳をたてていた者たちも、何が起きたのかわからない様子でおどろいた顔をしている。

テーブル上には彼らの食べかけのポテトがのこされていた。後で片づけておいてあげよう。俺は座りなおして、スマホでネット小説の続きを読む。


インターネット上には小説投稿サイトと呼ばれるものがいくつかある。そこには趣味で小説を書いている者たちが集い、作品を無料で一般公開し、不特定多数の人から感想をもらっていた。そこで人気を獲得した作品は本として出版され、書き手が作家デビューすることもすくなくない。

小説投稿サイトの小説を読むのが日課だった。すべて無料だから、本を買うよりも経済的だ。おもしろくなかったら途中で読むのをやめればいい。その気軽さが良かった。好きな作品をお気に入りに登録すると、その作品にポイントが入る仕組みになっている。ポイントの多さでサイト内の人気作品ランキングが入れ替わった。

異世界が舞台のファンタジー小説が人気のジャンルだ。それらを読むと俺はシーリムのことをおもいだして郷愁にかられる。シーリムにもいたのだ、エルフやドワーフ、そして冒険者ギルドで新入りに足をひっかけるやつが。

現代日本で暮らす俺に、前世の記憶が蘇《よみがえ》ったのは七歳のときだった。熱を出して生死の境をさまよったとき、すっかり何もかも、おもいだした。前世で暮らしたシーリムと呼ばれる世界の歴史、風習、言語、そして俺がそこで成したことを。

剣による血みどろの戦い。

魔法による殲滅戦《せんめつせん》。

妄想ではなかった。俺の体からは前世の身体能力や魔力は失われていたが、魂の格によって行使できる精神感応系統のスキルが使用できたからだ。

精神感応。それは、魔力を使わないかわりにレジストされる確率が異常に高いため、前世ではほとんど使用しなかった外れスキルだ。しかし今世では唯一の俺の武器である。


「赤城《あかぎ》君って、落ちついてるよね」


中学生のとき、クラスメイトの女の子に言われたことがある。前世の記憶のせいで同い年の子にくらべたらそう見えたのだろう。当時、彼女はよく話しかけてきてくれた。もしかしたら好意を持たれていたのかもしれない。

ある日、その女の子に片想《かたおも》いしているとおもわれる男子が、俺を校舎裏に呼び出した。行ってみると彼の仲間が五人ほど待機しており、「調子にのってんじゃねえぞ」などと言われて胸ぐらをつかまれる。

精神感応でまずは彼らを沈静化させた。シーリムでは成功率がゼロに近かったのに、この世界で暮らす人々には今のところ百発百中でこのスキルが効いている。魂の格という概念のない世界だから、全員の魂が最低位の状態にあり、容易に格上の命令を聞いてしまうのかもしれない。

その翌日、俺は教室で、騒動の原因となった女の子に話しかけた。声をかけると彼女は、ぱっと顔を明るくさせる。彼女の魂に俺は命令した。

「きみは赤城アオイという同級生のことを何ともおもっていない。好意的な感情は皆無だ。わかったね？」

赤城アオイ。それが今世での俺の名前だ。

彼女はうなずくと、すぐに友人とのおしゃべりにもどっていった。以来、彼女の中にあったかもしれない恋心は消え去り、俺の方は見もしなくなった。

シーリムで暮らしていたころ、老後は本を書いて暮らすのが夢だった。当時、諸事情で世界を救うために旅しなくてはならなかったのだが、忘れがたい様々な出来事に遭遇した。それらを、だれにも伝えないまま死んでしまうのは惜しい。落ちついたら、見聞きしたものを記述し、王都の図書館に保管して後世に役立ててもらうつもりだった。結局、そういう老後が来ないまま俺はシーリムの最果てで死んでしまったわけだが……。

高校に入学したころ、前世でやりたかったことをおもいだし、自分でも小説を書いてみようとかんがえた。シーリムでの体験談を文章にするだけで、異世界ファンタジー小説の体裁をとれるのではないかとかんがえた。まったくのゼロから作品世界を創造するなどという才能はない。しかし、過去をおもいだして自分のことを語るだけならできるかもしれない。

自宅にあったノートパソコンを借りて、ひまな時間に文章を打った。書きためて小説投稿サイトへアップロードする。題名は『シーリム』。小説を公開した最初のうちは、一切、反応がなかった。何人のユーザーが小説ページを開いてくれたのかをチェックできるのだが、一週間に一人、いるかいないかという状態だった。それでも書き続けていると、閲覧人数が増えてきて、ついに感想をもらうことができた。

「題名をもっと長く、読者の興味がひけるようなものに変更したほうがいいとおもいます」

確かにそうだよな。昨今、長い題名がはやっている。だけど俺にはおもいつかなかったのだ。このまま続けさせてほしい。

小説『シーリム』の主人公は前世の俺だ。前世の俺は信じがたいことに生まれつき全身に入れ墨があった。そのせいで忌み子として迫害され、両親からも捨てられた。しかしオークにおそわれかけたとき、力が覚醒して魔法が発動し、オークを撃退してしまう。俺は村を出て街に行き冒険者となった。様々な依頼をこなしながら、自分の全身に刻まれているこの入れ墨は一体何なのかと、情報を探し求める。そういう話だ。

次第に小説の感想が増えた。好意的なものもあれば、否定的なものもある。一年が経過して俺が高校二年生になったころ、ついに月間カテゴリーランキングで三位に入ることができた。シーリムにおける宗教や祭事、建築様式、郷土料理などの描写が詳細で、まるでその世界を見てきたようだと一部の好事家たちの間で話題になったらしい。ありがたいことである。

ある人物から俺あてにメッセージが来たのはそのころだった。

「盗作してますよね？」

その小説投稿サイトでは、個人的なメッセージを投稿者あてに送信することができる。ハンドルネームでそのメッセージが届いたので、そのときはまだ性別も年齢もわからない状態だった。俺はすぐに返事をする。

「盗作はしていません。オリジナルです」

「でも、シーリムという名称に聞き覚えがあります。作中に登場する地名もすべてどこかで聞いたことがあります。第三章で書かれていた、ライトホワンに竜が襲ってくるイベントも、何かで読んだ気がします」

「その作品名をおしえてください」

「題名はわかりません。年に何百作品も読んでいるので忘れてしまいました……。でも、あなたの小説の内容は、どこかで読んだ覚えのあるものばかりです。たとえば最新話で主人公たちはドルーウィンという地方へ来ましたね。もしかしてこの後、そこで大規模なスタンピードが起こって都市が壊滅するのではありませんか?」

「なるほど、わかりました。メールアドレスをおしえてください。LINEでもかまいません。すこし、お伺いしたいことがあります」

　何度かやりとりをして、そのメッセージを送ってきた人物が、根拠なく盗作呼ばわりをしているわけではないとわかった。返信メッセージに書かれていたとおり、これから俺は大規模スタンピードのエピソードを書くつもりでいたのだ。

ちなみにスタンピードとはこの場合、魔獣たちの集団暴走のことを示す。それによってドルーウィンが壊滅したのはシーリムでは有名な話だ。

まだ投稿していない小説の内容を、なぜそいつがすでにしっているのか?

可能性がひとつだけかんがえられた。

2

メールアドレスを交換してやりとりをした結果、例のメッセージの送信者は同い年の十七歳の女の子だと判明した。隣接した市に住んでいるらしく、最初のメッセージのやりとりから一週間後、会うことになった。

「直接、事情を説明させてください」

本音を言うと小説が盗作かそうでないかというのはすでに問題ではない。俺は彼女に会って、確かめたいことがあった。彼女の方は、とても警戒していたけれど。

当日、学校が終わって俺は電車で二十分ほどの場所にある彼女の地元の駅で降りた。

街路樹の緑がきれいな雰囲気のいい町並みだ。駅舎は赤煉瓦《あかれんが》で作られており、東京駅のミニサイズ版といったデザインだ。相手の顔がわからない状態だったので、スマートフォンの音声通話で連絡を取りあいながら、駅前に立っているお互いを探した。

行き交う人たちのむこうに、スマホを持ってだれかを探している女の子がいた。目が合って、彼女だとわかる。俺よりもすこしだけ背丈の低い、黒髪の女の子だった。顔立ちがビスクドールのように整っており、彼女も学校帰りのためブレザーの制服を着ていた。会釈をしながら自己紹介する。

「どうも。『シーリム』を書いた赤城アオイです」

「……ゆ、柚子川《ゆずかわ》ユウです」

彼女は不安そうに目を泳がせる。ところで俺は日常的におこなわれる会釈という仕草を今回の人生でおぼえた。シーリムで暮らしていたころは、頭を下げるという仕草には重みがあり、王侯貴族に対して行う場合がほとんどだったからだ。だから異世界ファンタジー小説で会釈の日常描写を見かけると、すこしだけひっかかる。

駅前のビルの二階にあるファミレスで俺たちはパフェを注文した。彼女は始終、落ちつかない様子だ。

「それで、柚子川さん。この前のメッセージのことなんだけど」

「あの、ご、ごめんなさい、盗作だなんて言って。だからゆるしてください。ほんとうにすみませんでした」

今にも泣きそうな様子でいきなり謝られてしまう。声が震えていた。

「だ、だから、怒らないでください……」

「怒ってませんし。ちょっと、落ちついてください」

「でも、こんな風に呼び出したのは、怒ってるからですよね。謝罪を要求してるんですよね」

「ちがいますって。俺はただ、柚子川さんが転生者かもしれないとおもって、確認しに来たんです」

彼女は怪訝《けげん》な顔をして、だまりこんだ。

長い沈黙の後、痛い人を見るような目を俺にむける。

「あの、前世の仲間を探すブームが大昔にあったらしいとネットで読んだことありますけど、それですか」

「よくわからないけど、それとはたぶんちがう」

俺には前世の記憶があることを説明する。シーリムと呼ばれる世界で暮らしていたことや、そこでの体験を書いて投稿していたことを。

「俺の小説の地名に心当たりがあったんだよね？　もしかしたら、はっきりとおもいだしてないだけで、柚子川さんもシーリムで暮らしていたのかもしれないってかんがえたんだ」

「……赤城さんの小説を読んでると、すこしなつかしい気がするんです。都市の名前を目にしたとき、その都市の成り立ちから、やがて滅亡するに至った経緯まで、なぜかぼんやりとわかるんです。小説にはどこにも書かれてはいないのに。でも、転生者だなんて……。うーん、どうなんだろう」

柚子川ユウはしばらく悩んでいた。注文していたパフェが運ばれてきたので、スプーンを手に取り、クリームとアイスを均等な割合ですくって口に運ぶ。おいしさを味わうように目をつむり、満足そうに息を吐き出した。

「おいしすぎる」

確信をこめて彼女は言った。それはおいしいだろう。現代日本ではありふれたパフェだけど、シーリムではこのようなすぐれた甘味を口にしたことはない。

しかし結局、俺の話を完全に信じてくれた様子は見られなかった。

そこで俺は、特別な提案をしてみる。

「柚子川さん」

「何ですか?」

「そのパフェを床にぶちまけてみてください」

「え、いやですよ、そんなの。やるわけないじゃないですか」

「嘘《うそ》です、冗談です」

俺はおどろきを隠して返答する。スキルが、はじかれていた。彼女自身は気づいていないみたいだけど。【パフェを床にぶちまけて】という俺の言葉は、精神感応によって彼女の魂に命令したものだった。この世界の人間には確定で行使できたスキルが、しかし柚子川には効かない。おそらく彼女の魂の格は俺と同等かそれ以上。これではっきりとわかった。彼女はまぎれもなく転生者だ。

「……赤城さんて、変な人だって言われませんか？」

「落ちついてるって言われたことならあるけど」

俺は彼女が転生者であることを確信し、彼女は俺が変な人であることを確信しているようだ。俺たちはそれから好きな小説の話をした。彼女は膨大な量のネット小説を読んでおり、最近ではスコッパーまがいのことをやっているという。スコッパーとは、読者がほとんどいないまだ無名のネット小説に目を通し、おもしろい作品を発掘したらSNSなどで報告する人々である。彼女は中学時代、不登校で自宅にいる時間が長かったとき、ネット小説ばかり読んでいたそうだ。

窓の外が夕景へと変化する。そろそろ帰らなくてはいけない、と彼女は言った。パフェの代金は俺が支払うことにする。彼女は、同年代のだれかにおごってもらうことがはじめてだったみたいで恐縮していた。

ファミレスはビルの二階にあり、彼女が先に階段を下りはじめた。そうなると柚子川の頭頂部が俺の視線の先にきたのだが、アホ毛があった。俺の視線を感じとったのかもしれない。彼女が手で頭頂部のアホ毛をそっと押さえたとき、たぶん足下がおろそかになったのだとおもうが、彼女は足を踏み外した。

「あ……！」

姿勢を崩した彼女の手を咄嗟《とっさ》につかむ。触れた瞬間、ぱちん、という衝撃があった。手から脳にかけて神経を焼き切るような負荷があり、目の裏側が熱くなる。しかしそれは一瞬のことだった。

柚子川は俺の手にささえられたおかげで転ばずにすんでいた。俺を見上げて、すこしはずかしそうにする。

「ごめんなさい、ぼんやりしてました」

その様子から、今の負荷は俺にだけ生じたことだとわかった。

今のが何だったのか、俺はしっている。

外に出ると夕焼け空の下で帰宅途中の人々が駅前を行き交っていた。急に口数がすくなくなった俺を気にしながら、柚子川は帰っていった。

シーリムには魔力という概念があった。人々の内側にそれらは蓄積され、ある種の力を行使する際に使用する。いわゆる魔法。体内の魔力を消費することで、何もないところから火や水を生み出すことができた。普通の人は、桶《おけ》一杯分の水を出せば体内の魔力が枯渇して気を失う。ちなみに俺の場合は少々、事情が異なった。産まれたときから刻まれていた全身の入れ墨が、周囲の魔力を取り込んで無尽蔵に魔法が使用できることがわかったからだ。

一方で魔族と呼ばれる者たちは異常な威力の魔法を行使することで有名だった。彼らは特別なやり方で魔力を体内に貯《た》めこんでいたらしい。魔力の結晶化、および魂への固着化である。スマートフォンの大容量予備バッテリーみたいなものを自分の魂にくっつけているようなものだ。だからいつでも強大な魔法を連発できたらしい。

魔族との戦闘中、体が接近すると、時々、ぱちんと雷が走ったような衝撃があった。相手の魂に蓄積されている魔力が、こちらの魂と干渉したことによる現象だ。ごくまれにしか生じなかったが、ほとんどの場合、痛みも感じない程度のものだった。

最大級の魔力干渉による、ぱちん、があったのは、シーリムの最果てで死んでしまうすこし前のことだ。神経が焼き切れるかと錯覚するほどの衝撃だった。その一瞬で、相手の魂に固着した膨大な魔力の結晶と総量が把握できた。そいつの魂が宿していたのは、世界を三回は滅ぼせるほどの魔力だった。

ユルト。彼女はそう呼ばれていた。シーリムの最果てに突如として生まれた特異点。魔族たちの王であり、それ以外の者たちにとっては絶望と同義語の存在だった。俺は否《いや》応《おう》なく人類側と彼女側との争いに巻きこまれて対峙《たいじ》することになり、最終的には相打ちという形でお互いに滅んだ。禁忌魔法による次元崩壊により大陸の一部は同時に消し飛んだはずだ。俺たちはその瞬間、お互いの肉体が分解して虚無の渦へと飲みこまれるのを見た。それが前世における最後の記憶だ。

でも、虚無の向こう側にあったのがこの世界だったとしたら?

絶望と同義語の彼女もまたこの世界に生まれていたのだとしたら?

同時に俺たちは滅び、そして生まれ変わった。だから同い年で、暮らしている地域も近いのではないか?

柚子川ユウに触れたときの、ぱちん、という衝撃。あれはまちがいなくユルトのものだった。転生してもなお彼女の魂には膨大な魔力が備わっていた。そのことが俺には恐怖でしかない。柚子川ユウという少女が、自覚のないままに、世界を消し飛ばせるほどの爆弾を抱えているように見えたからだ。

「この前、会ったときには、恥ずかしくて言えなかったけど、なぜか初対面という気がしませんでした」

3

　彼女からメールが来る。それはそうだろう、前世で殺し合った仲だし。だけどそのことを決して言ってはならない。彼女にユルトのことをおもいださせてはいけなかった。記憶がもどり、前世とおなじことを彼女がはじめたなら、この世の終わりだ。今の俺には無尽蔵に魔法を行使できる肉体がないため、対抗策など存在しない。現代兵器さえもユルトに対して効果があるかどうか疑わしい。

「転生の話は、まだ半信半疑ですが、これからもよろしくお願いします」

　俺たちはメールのやりとりをつづける。内容は最近読んだ小説に関することだったり、学校のことだったりと多岐にわたる。シーリムに関係する話題はあえて避けていた。小説『シーリム』の執筆も中断する。今はそれどころではないし、続きを読ませることで彼女の記憶を刺激しないほうがいい。

「転生の件は、わすれてください。俺の思いこみでした。また今度、会いましょう」

彼女との親交を維持したのは観察するためだ。もしも前世の記憶がもどりそうだったなら対処しなくてはいけない。でも、一般市民の俺にどんな対処ができるだろう？　ユルトの記憶がもどる前の彼女ならば、あるいは、普通の人間と同じように殺せるだろうか。俺は殺人という罪をおかすことになるけれど、この世界のためだ……。しかし、今世の両親に多大な迷惑をかけてしまうのが申し訳ない。

両親は普通の人だ。前世の記憶がもどる以前の幼児期における彼らとの関係性が、現代日本人としての俺の精神を形成しているのはまちがいない。それなりに愛情や親近感を抱いている。しかしシーリムのことをおもいだして以降、今世における両親との関係は変化せざるをえなかった。

「アオイ、ご飯よ。そろそろダイニングに来てくれる？」

「なあ、アオイ。今度、山登りに行かないか」

「最近、パソコンで何を書いてるの？　お母さんに読ませてよ」

「学校はたのしいか？　試験はいつ？」

　何もしらない子どものふりをして彼らと過ごさなくてはいけない。今世の両親はまだ若く、前世における死亡時の俺の年齢にさえ達していなかった。今世の七年間で彼らと積み上げたものは、前世の数十年間という強烈な土台が突如として地中から出現し、その衝撃により吹っ飛んでしまったのだ。

　俺がミスをして、「うちの子は普通の子どもじゃないんじゃないか？」という疑惑を両親に持たれたこともある。その場合、精神感応を行使して一部の記憶を消した。あるいは疑惑を抱いてない状態に矯正することもあった。親子喧嘩《げんか》になりそうなとき、精神感応による沈静化をほどこして、その場を丸くおさめる。だからいつも我が家は平和だったけれど、これがある種の洗脳であることは自覚している。

　かんがえごとをするとき、夕焼けの土手に座り込んだ。邪魔が入らないように自分を中心とした半径百メートルの範囲から生命を遠ざける。精神感応系統のスキルには二種類あった。声に出して相手の魂に直接命令するやり方と、自分を中心とした一定範囲内の不特定多数の魂に対して無意識下に命令を行使するやり方だ。

　一人になると前世の少年時代をおもいだす。忌み子として両親から嫌われ、冬の森で裸足《はだし》にしもやけを作りながら、食べ物を探してまわった。そのときの、親から捨てられたという記憶が強烈なあまり、俺はすこし人間不信だ。シーリムで異性に好意を抱かれることもあったけど土壇場になって逃げだした。また裏切られて孤独を味わうのが怖かったからだ。今世においては精神感応を乱用し、心が傷つかないような、一定の距離を保った関係性を心がけていた。たとえ両親が相手だとしても。正常なことではない。それはわかっている。でも、裸足で森の中をさまよった少年時代の記憶が癒《い》やされないかぎり、俺はだれかと深いつながりを得ることはないだろう。

小説『シーリム』の続きを投稿しなくなったことで、俺のアカウントあてに心配するメッセージが届くようになった。「学業が大変なので更新をストップします」とブログに書いておく。しかし再開の予定は今のところない。本を書くという前世から抱いていた夢は、中途半端な状態で頓挫してしまった。

一方、柚子川から衝撃的な話を聞かされる。

「実は、クラスの女子から無視されているんです。たまに、聞こえるような声で、ウザいとか、キモいとか、言われます。だけどまあ、それはいいんです。中学のときも似たようなことがあったから。でも最近……」

定期的に彼女と会うようになっていた。学校が終わると電車に乗り、どちらかの最寄り駅で合流する。いっしょに書店をながめたり、無意味に町を散策したりする。空が茜色《あかねいろ》になるころ、駅前ロータリーのベンチに腰かけて雑談していたら、彼女が打ち明けてくれた。

「最近、そういうことがあると、目の奥がちかちかしてきて、何か、変なものが見えるんです」

「変なものって？」

「骸骨でできた馬車です。馬も御者も骸骨で、車輪に炎がまとわりついていて、轍《わだち》が燃えているんです。デロリアンが通ったみたいに。これって、何なんでしょうか？」

俺は曖昧にわらって「ニコラス・ケイジの『ゴーストライダー』みたいだね。あれはバイクだったけど」などとごまかしたが、実は心当たりがあった。それはかつてユルトが召喚した冥府の使者にそっくりだ。召喚されたそいつは馬車一杯に人間の首を詰めこむまで帰らなかった。

柚子川はため息をつく。駅前を通る男性が彼女に視線をむけて通りすぎた。きれいな顔の彼女が、憂いをおびた表情になると、周囲の視線の吸引力が上昇した。

「その馬車、以前はもっとぼんやり見えていたのに、回数を重ねるごとにはっきりと、輪郭が明瞭になってきたんです。実在感をともなって、いつか私の中から出てくるんじゃないかって、怖くてしかたないんです」

ん？　もしかして無意識のうちに召喚しようとしてる？　あいつを呼び出そうとしてる？　それは十分にあり得ることだった。クラスメイトからうける行為に対し、彼女の心は過度なストレスを抱えているようだ。抑圧から解放されたいと望み、冥府の使者に助けを求めているのかもしれない。俺は冷や汗を流す。まずい事態だ。

「赤城君に話したら、なんだかすっきりしました。いつもありがとう、私と話してくれて」

「う、うん、いつでも、話くらいなら」

彼女は俺のことを「赤城君」と呼び、俺は彼女のことを「柚子川」と呼ぶようになった。お別れの時間になると彼女はなごり惜しそうに手をふって帰っていく。空は血のように赤く、制服姿の彼女は濃い影を長くのばしている。

さあ、どうすればいい？　彼女の抑圧を何とかして取りのぞかなくてはいけない。できるだけ柚子川の心がおだやかでいられるようにしなくては大勢が死ぬ。精神感応系統スキルによって彼女の抑圧を消し去ることができたらかんたんだったのだが、彼女はそれをレジストしてしまうだろう。

だから、彼女の周囲の者たちに働きかけることにする。彼女にストレスをかけている周囲のクラスメイトたちには精神感応が効くはずだ。

その日から俺の暗躍がはじまった。


柚子川の通っている高校は女子校だった。俺は自分の高校の制服のまま校舎内に入る。普通だったら警備員に止められるはずだ。しかしすれ違う女子生徒たちも、教師たちも、だれも俺のことを気にしない。半径数百メートルの範囲内の魂に対し、俺の存在を感知しないように命令を発していた。その状態であれば俺は透明人間のようなものだ。あらためて精神感応系統スキルに感謝する。シーリムでは赤ん坊にさえ効くことがまれで、虫よけ程度にしか使えなかったのに。

ちなみに柚子川にだけは効かないはずだから、彼女に遭遇しないように気をつけなくてはいけない。職員室で名簿を確認し、柚子川のクラスメイトの名前や住所をコピーすると、すぐに校舎から退散した。

その後は一人ずつ、柚子川のクラスメイトを訪ねて話しかけた。精神感応を使用して警戒心を解き、情報を聞き出す。

「どうして柚子川ユウのことを無視したり、陰口を言ったりするんだ？」

「意味なんてない。たのしいから。あいつ、クラスでもういてる。小説なんて読んでるの、キモいし。ちょっと顔がいいからって、いけすかない。それに変な噂《うわさ》もある」

「変な噂？」

「霊感があるって。見えちゃいけないものが見えるって。だからあいつが怖い」

前世がユルトだったことと何か関係があるのだろうか？　それが原因で周囲との不和が生じ、中学時代に不登校だったのかもしれない。俺は彼女に言った。

「彼女のことをもう無視しないでほしい。ウザいとか、キモいとか、言わないでほしい。他のクラスメイトと同じように接してほしい。これは命令だ」

話をした後は僕に関する記憶を消しておく。

休日に柚子川と映画を観《み》ることになった。私服姿の彼女にはじめて会ったのだが、お金持ちのお嬢様といった雰囲気の服装だった。そういえば彼女の家の生活水準をしらない。シーリムにおいて、すさまじく裕福な商人や王侯貴族たちとつきあいがあったから、富裕層とのつきあい方は慣れているつもりだ。

ハリウッドが制作した恋愛コメディ映画を観た後、近くのファミレスに入る。サラダにマヨネーズが添えられていたので俺はうれしくなった。シーリムのことをおもいだす七歳以前の記憶はおぼろげだが、昔からマヨネーズは好きだったようにおもう。ネット小説において、異世界に転生した者たちがマヨネーズ作りをやるのはテンプレート化しているが、それも仕方のないおいしさだ。

さきほど観た映画の感想について話した。主人公はヒロインに恋愛感情を抱かれているのに、まったくそのことに気づかないという設定だったが、そんなラノベみたいなことってあり得るのだろうか。実際にそういう立場になったら、すぐに気づきそうなものだが。しかし全体的にコメディの質が高く、映画の様々な場面をおもいだして、俺たちは笑いをこらえながら話をした。

「そういえば最近、クラスのみんなが話しかけてきてくれるんです。それまでの態度は何だったのっていうくらい、親しくしてくれるんです。最初は戸惑ったんですけど、学校がたのしくなりました」

その日の柚子川はずっと表情が明るかった。とても機嫌がいい。目をほそめて、やわらかく彼女が微笑《ほほえ》むと、前世がユルトだということをわすれてしまいそうになる。

「骸骨の馬車は？　まだ見る？」

「そういえば、見なくなりました」

「それは良かった、心から、ほんとうに……」

「……赤城君が、何かしてくれたんですか？」

「僕が？　どうして？」

「だって、赤城君に打ち明けてから、状況が改善したから」

「偶然だよ。もしかしたら柚子川がいないところで、先生がみんなをしかったのかもしれない」

「そうでしょうか」

「もしも、また何か悩み事ができたら、正直に打ち明けてほしい。俺は柚子川の心の平穏を第一にかんがえて生きていきたいんだ」

「わ、わかりました……。ありがとうございます……」

うつむいた柚子川の耳がすこしほてったようになっていたが、またさきほどの映画をおもいだして笑いをこらえているのかもしれない。顔をあげた彼女は、すこしだけ目が赤くなっていて、泣いているみたいだったけど、それくらいあの映画がツボに入ったということなのだろう。笑いすぎて泣くことってあるから。

4

「最近、シーリムの話をしませんね」

俺たちは対話する。学校が終わった後や休日に。会う時間が作れないときは電話をすることもあった。彼女の近況報告を聞き、クラスメイトの様子を確認する。柚子川が僕の進路のことを気にしていたので正直に答えた。将来は本を書いて暮らそうとおもっていたこと。だけどもう執筆をやめて、何か別の生き方を模索するかもしれないこと。

「シーリムのことは、しばらくの間、かんがえないことにしたんだ」

「どうして？　赤城君の前世だったんでしょう？」

「今世のほうがずっと大事だから。ああ、そういえば、今度、動物園にでも行ってみない?」

シーリムの話題が出ると、すぐに別の話題を出して意識をそらす。

「動物園? パンダ! 行きたいです!」

パンダという単語が唐突にはさまれたのは、最近、パンダの赤ちゃんがニュースで話題になっていたからだろう。次の週末、パンダの赤ちゃんを見るために動物園へ行くことになった。

当日、空は曇っていた。パンダを見るためには行列にならんで整理券をもらう必要があると聞いていたので、晴天よりは曇天のほうがいくらかありがたい。柚子川の最寄り駅前で待ち合わせた。煉瓦造りの駅舎はあいかわらず素敵だった。どことなくシーリムの建築様式をおもいだす。

花壇のそばに立って、スマホでネット小説を読んでいると、視線を感じた。すこし離れた位置に見知った顔がある。

「赤城君⁉　どうしてこんなところにいるの⁉」

　昨年、高校一年生のときにクラスメイトだった女の子だった。通りかかって偶然に俺を見つけたらしい。当時、俺は学級委員長をまかされており、彼女は副委員長としてサポートしてくれていた。いわゆる戦友のような関係だ。いそがしい時期などは、二人でおそくまで学校に居残りをして雑務処理をしたものだ。そういえば彼女の家もこの辺りにあったのだ、とおもいだす。

「ひさしぶりだね。すごい偶然」

　花壇のそばで彼女と立ち話をすることになった。最近の様子を聞かれたり、昨年の思い出話をしたりする。元副委員長は意外とボディータッチをする人で、会話の最中におもしろいことがあると、心からおかしそうに笑いながら俺の肩や腕に触れる。

　待ち合わせの時刻になっても柚子川は来なかった。時間を間違えたかな、とおもって周囲をよく見ると、すこし離れた植え込みのそばに柚子川が立っていた。なぜかわからないが、傷ついたような顔でこちらを見ている。

「そろそろ俺、予定あるから」

「私も。じゃあ、またね」

元副委員長が手をふって立ち去った。駅舎の方にむかう。

俺は柚子川にちかづこうとして、異様な気配に気づいた。彼女は不安そうに俺を見ていたが、その瞳が、ちか、ちか、と何度も赤色に明滅して見えたのだ。

「柚子川？　大丈夫か？」

「あ、あの、私……、お邪魔だったのでは……」

「邪魔？　なんで？」

「さっきの方は」

「同じ学校の子で、仲がいいんだ」

「仲がいい……。とても、親しそうでした」

「うん、どちらかというと親しいよ。戦友みたいな関係かな。頼ったり、頼られたりしていたっけ」

柚子川の目が、ちか、ちか、と赤色になった。

彼女の視線が定まっていないことに気づく。植え込みのそばに彼女はうずくまり、両手で顔をおおった。身体的な接触があったわけではないのに、ぱちん、という魔力干渉の衝撃がある。

嫌な予感がして精神感応を行使する。周辺一帯のすべての魂に、ここから急いで遠ざかるように命令した。一刻も早く！　逃げろ！　と。

駅舎の屋根にとまっていた鳥たちが一斉に飛び立つ。行き交う人々が、はっとした顔を見せて走り出す。彼らはどうして自分たちが避難しようとしているのかを自覚してはいないだろう。植え込みの周辺にいた虫たち、土中の生物たちも、僕と柚子川から遠ざかる方へ移動を開始する。

「柚子川、どうした、立ちくらみ？」

「わからないんです。何か、急に……」

彼女が顔をあげる。赤色の瞳に見覚えがあった。

シーリムに生まれた絶望と同義語の存在がそういう目をしていた。

「胸がざわざわして、すごく不安になったんです。そしたら、あれが出てきたんです」

「あれって？」

「あそこにいるやつです」

柚子川が指さした方を振り返ると同時に衝撃が起こった。地面がゆれて、赤煉瓦の駅舎の壁や屋根がひしゃげるように砕けて大量の土埃《つちぼこり》を巻き上げる。何か巨大なものがそこに降り立ったのを感じた。

腹の底から震えるほどの破壊の衝撃がおそってくる。地面にひび割れを発生させながら、そいつが土埃の奥から姿を現した。

骸骨でできた馬車だ。無数の人骨が寄せ集められて馬車の形に成形されている。車輪は炎をまとわりつかせており、距離があいていても熱で肌が焼けるようだった。

柚子川はそれを目にすると、貧血を起こしたように気絶してしまう。倒れ込む彼女の体を受け止めた。魔力干渉による、ぱちん、という衝撃はない。静電気と同じで、毎回、起こるわけではないらしい。

がれきを散乱させながら、召喚された冥府の使者が馬車を前進させる。路上駐車していた車は馬たちに踏みつぶされた。大きさがまるで違う。そいつは怪獣のようにビルの外壁を削りながら移動した。轍は燃え上がり、ひしゃげた車やアスファルトは溶けはじめる。馬車を操る骸骨は黒色の甲冑《かっちゅう》を着ていた。禍々《まがまが》しい気配をただよわせている。

どうしてこいつが呼び出されたのかわからない。柚子川の心が抑圧状態にならないように気をつけていたはずなのに。

避難はまだ十分に完了していない。逃げた人々が遠くのほうにいる。そちらにむかって骸骨の馬車が加速をはじめた。こいつをこのまま放置したら、町中の人間を殺戮《さつりく》するまで帰らないだろう。シーリムで暮らしていたとき、こいつに滅ぼされた都市を見たことがある。何とかして冥府に帰ってもらうしかない。その方法がひとつだけあった。召喚した主を大急ぎで殺害することだ。召喚の契約は破棄され、こいつは冥府にもどってくれるだろう。

召喚した主とは、柚子川のことだ。俺は彼女の頭を両手ではさみこむ。艶のある黒髪が指の間からたれさがった。彼女の寝顔はとてもきれいだ。勢いよくひねって、首の骨を折るやり方は、経験がないわけじゃない。血なまぐさい生き方をした前世で、何度か悪党を相手にやったことがある。

しかし、そのとき声が聞こえた。

「止めよ。おまえが力をこめるよりも前に、その腕を消し去ることなど造作もないぞ」

威厳のある声だった。柚子川のくちびるがうごいている。彼女のまぶたが上がり、赤色の瞳が俺に向けられた。

「久しいな、人間の勇者よ」

× × ×

私が彼に恋愛感情を抱くようになったのはいつからだろう。

会う前は緊張した。盗作を疑ったメールのことで怒られるんじゃないかとおもっていた。しかし彼は穏やかな物腰の男の子だった。

彼はシーリムと呼ばれる異世界の存在を確信し、前世はそこで暮らしていたのだという。私もシーリムの住人だったのかもしれない、と言われたが、判断に迷うところだ。

高校の教室で私はクラスメイトから無視されることがおおかった。声をかけても素通りされたとき、自分の存在が消されたようにおもえてくる。自分には存在価値がないんじゃないか。死んだ方がいいんじゃないか。そんなことを考えはじめると、食事ものどを通らなかった。

最初に彼と会ったとき、ファミレスでパフェを食べた。甘みが口の中にひろがって、ひさしぶりに心から、おいしいとおもえた。むしろそうおもえたことで、最近、何を食べても味がしなかったのだと、ようやく気づいたくらいだ。不思議だなとおもう。まだそのときは、それほど言葉を交わしていたわけじゃないのに。

彼が私の前でシーリムの話をしたのは最初だけで、その後は話題にあまり出なかった。そのかわりに私たちは、いろんな話をした。彼といると落ちつく。家族やクラスメイトといっしょにいるときは、なぜだかわからないが、自分が異邦人になったかのような疎外感を味わうのに。

日本人として生まれてきたはずだけど、自分の母国はどこか他の場所にあるのではないかという違和感もあった。だけど彼と話しているときは、それがない。心にうかんだ言葉を、そのまま正直に口にすることができた。

教室で居場所がないことを話すのは勇気のいることだった。もしかしたら気持ちが悪いとおもわれて関係を断たれるのではとさえ心配した。しかし、教室で無視されたとき、まぶたの裏側にうかぶ、おぞましい骸骨の馬車が気になって、彼に相談してみることにしたのだ。

彼の小説『シーリム』にも骸骨騎士のモンスターが登場したはずだ。何かしっているかもしれないと期待したが、彼にも心当たりがないらしい。

しかし相談をして数日後、クラスメイトたちが突然、私に話しかけてくれるようになった。あまりに劇的な変化にすこし怖くなったが、おかげで学校にいるとき、消え入りたくなるようなみじめな気持ちにならなくなった。

クラスメイトの変化と、彼に相談したことに、何らかの関係はあるだろうか。偶然かもしれない。だけど私には、彼が一人ずつクラスメイトの家を訪ねて、諭してくれたんじゃないかという気がしてならなかった。彼と会って話しているとき、その光景が一瞬だけ垣間見えたのだ。ちいさなときから、そういうことがたまにある。見てはいないはずの光景がすこしだけ見えるのだ。そのせいで霊感があるなどと言われて中学時代は孤立したけれど。

赤城アオイ。彼は私の話を聞いてくれる。存在を無視せずに、私の意思を尊重し、目を見て言葉を交わしてくれる。そうしてくれる人がいるというのが、奇跡なのだということを私はしっている。友だちでも、恋人でも、そうしてくれる人がいるだけで、人はさみしさから救われるのだ。

彼に心から感謝した。だけど同時に不安にもなる。どうして彼は私なんかにかまってくれるのだろう。今は私のメールに対して返信してくれるし、電話にも出てくれる。だけどその関係性は永遠のものだろうか。そのうちに彼は、もっと親しい存在ができたら、私のことを忘れてしまうにちがいない。そうおもうと心細い気持ちになる。

パンダを見に行く日、待ち合わせ場所に行くと、彼が親しそうに女の子と話をしていた。ただそれだけなのに、目の奥が、ちか、ちか、と明滅する。胸の奥にあるのは、たぶん、嫉妬だった。

彼が女の子とわかれて、私に話しかけてくる。負の感情が膨れあがるのを抑えきれず、体が爆発しそうになったかとおもうと、世界がゆれて、彼の背後にあった駅舎が崩壊した。

その後のことはおぼえていない。気絶していたらしい。

気づくと私は彼に背負われて土手にいた。

ヘリコプターの行き交う音や、消防車のサイレンのような音が遠くから聞こえていた。

×　×　×

「人間の勇者よ、ここはシーリムではない。前世の諍《いさか》いを持ちこまなくとも良かろう？」

俺は柚子川の首を折るために頭を両手ではさんでいる。しかし彼女の話によれば、俺が力をこめようとした瞬間に腕が消し飛ぶという。おそらく嘘ではない。俺は身動きできず、彼女の赤色の瞳から目がそらせない。ユルトと言葉を交わすのは、はじめてだ。

前世においては、意思の疎通などできないほど、人間と魔族は言語体系がかけ離れていた。

「シーリムでの諍いを持ちこむなって？」

「その通りだ」

「人と敵対しないってこと？」

「その意思があったなら、すでにおまえは骸《むくろ》となっている」

否定できない。今世での俺は精神感応が使えるだけの、ただの人間だ。一方で彼女は魂に膨大な魔力を固着させている。ユルトの記憶がもどったなら魔法も難なく使用できるはずだ。無詠唱で瞬時に俺を殺すことなど造作もない。

召喚された骸骨の馬車が、路面を粉々にしながら急停止した。突如、霞《かすみ》のように消える。ユルトが冥府に帰してくれたらしい。それを確認してようやく柚子川の頭を放す気になった。彼女を植え込みのそばに座らせる。

「柚子川は……」

「今は寝ている」

「寝ている?」

「人格の統合は行わないことにした。今世の妾《わらわ》の人格では、前世の記憶に耐えられそうにない。そのため魂を分割し、別個に存在できるようにしておいた」

「じゃあ、柚子川は消えたわけじゃないんだな?」

俺が安堵《あんど》していると、赤い瞳の柚子川が、口もとを悪魔のように引きつらせて笑う。邪悪だがその表情は艶《なま》めかしく美しい。

周囲はひどい惨状だった。半壊した駅舎から火の手があがっていた。駅舎にいた人々や、さっきまで話をしていた元副委員長は無事だろうか。そこら中のアスファルトがひび割れ、溶けている。精神感応で避難させた人々は視界の範囲には見当たらず、俺と柚子川だけがいる。

彼女は立ち上がり、すこしだけ宙に浮いて俺を見下ろす。本来の容姿の美しさに、超然とした雰囲気が備わって神々しい。

「かつて人間の勇者だった者よ、妾の望みを聞いてくれないか」

「嫌だと言ったら?」

「冥府の使者を呼び戻すまでだ」

「わかった、聞こう。何が望みだ？」

「今世の妾と、仲良くしてくれ」

「上から見下ろして、脅迫するように言う内容なのかそれ……」

「おまえが仲良くしてくれるかぎり、妾は無闇に力を行使せず、人類と敵対しないことを誓おう」

「前世では人間を滅ぼそうとしたのに？」

「前世の妾は、魔族を守ろうとした結果、人と敵対した。しかし今世に魔族は存在せず、妾は人として生を受けている。敵対の理由はない」

「わかったよ、俺も誓う。今世のおまえと仲良くするよ。そんなことが望みだなんて」

「生きていることのさみしさを薄れさせるためだ。おまえにもあるはずだ、さみしさの根源が」

　シーリムでの少年時代のことをおもいだす。

　親に見放され、村から追い出され、冬の森でさまよった夜のことを。

「ああ、そうだな。だれにでもそういうのはある」

「契約成立だ。妾を受け止め、丁重にあつかえ」

邪悪な笑みをうかべたかとおもうと、彼女は目をつむり、体がわずかに発光する。宙に浮いていた柚子川が羽毛の落ちる速度で降下してきたので、そっと抱き留めた。彼女は瘦せており、ほとんど体重を感じさせない。かとおもったらそれはユルトの魔法的なものだったらしく、すぐに彼女の重みが腕の中にのしかかる。

柚子川を背中に負って俺はその場を離れた。川沿いに移動しているとき彼女が目を覚ます。ぼんやりとした顔で、頭上を飛びかう報道ヘリを見上げていた。駅舎の突然の崩壊はガス爆発によるものではないかと報道されていた。骸骨の馬車を目撃した者たちがスマホで撮影して Instagram や Twitter に投稿していたが、あまり本気で相手にはされていなかった。CGによる合成画像もしくは合成動画だと判断されたらしい。怪我人《けがにん》はいたものの、死者数はゼロだった。

柚子川とあらためてパンダの赤ちゃんを見に行った翌日、俺は小説『シーリム』の執筆を再開した。もともと柚子川がシーリムの記憶をおもいださないようにとの配慮で中断していたのだ。ユルトが覚醒した今となっては、気をもむひつようはないだろう。

書き上げたものを小説投稿サイトにアップロードすると、すぐに反応があり、感想が書きこまれる。「待ちわびた」「おもしろかった」「エタるのかとおもってました」。みんなのコメントに目を通しながら、俺は充足感につつまれる。

柚子川からも感想をもらった。俺が小説の続きを書きはじめたことをよろこんでくれている。彼女との交流には細心の注意をはらった。彼女の魂の一部分にユルトが存在しており、ユルトは口出しこそしないが、おそらくすべて監視しているとおもったほうがいい。何か問題が生じたら出張ってくるはずだ。しかし、前世では人類に対して徹底抗戦の構えだった彼女が、今世においてはずいぶん丸くなったものだ。柚子川ユウとして生きてきた記憶が彼女を歩み寄らせたのかもしれない。

柚子川は精神感応をレジストするため、洗脳、強制的な説得、記憶の改ざんができない。コミュニケーションにおける失敗を帳消しにできず、ささいな喧嘩も起こった。心に傷ができることもあるが、そのかわりに彼女との交流には真実の重みがあった。心にかさぶたのようなものを作りながら、俺は柚子川とつきあっていくことになる。

「赤城君を見ていると、時々、全身入れ墨の少年が見えるんです。『シーリム』の主人公ってあんな感じなんだろうなっておもいます」

彼女はまだ、俺の前世の話に対し、半信半疑の立場をとっている。

「その子はたった一人で、冬の森の中を、裸足でさまよい歩いているんです。さみしさに泣きそうになりながら、ひもじさに耐えているんです」

一人になりたいときは、あいかわらず夕焼けの土手に座った。半径百メートル以内にだれも入ってくるなという精神感応領域を作る。すべての生命は俺のそばに入っては来られない。それでも平気で彼女だけはやってきた。俺のとなりに腰かけて、毛布をかけるみたいに腕をまわして抱きしめられる。俺たちはいつからか、そういう関係性になっていた。

「もう大丈夫って、言ってあげたいです、その子に」

END

ボクらがキミたちに恋をして

秋田禎信

目が覚めると、ぼく——九谷光太郎——は屋根の上にいた。そして、隣にいるのは幼馴染の逢空優梛。しかし、彼女はぼくを九谷光太郎だとは思っていない。彼女も逢空優梛じゃない。とりあえず、今この瞬間は。ぼくらの脳内には、ようやくの逢瀬を果たした恋人たちが住んでいる……。胸を打つファンタジー恋愛短編。

秋田禎信（あきたよしのぶ）

17歳で第3回ファンタジア長編小説大賞準入選、『ひとつ火の粉の雪の中』でデビュー。代表作「魔術士オーフェン」シリーズは累計1000万部を超える大ヒットとなり、ライトノベルの領域で活躍を続ける。近年は一般文芸、漫画ノベライズなども執筆し、高い評価を獲得している。

1

夜中に目が覚めると、ぼくは屋根の上にいた。

驚いて滑り落ちそうになった理由はいくつかある。ただ、いきなり屋根の上にいたことはそこに含まれない。それは知っていたからだ。先週、朝起きた時スウェットの下に鳥の糞《ふん》のような汚れがついていて、怒って問いただしたところ「屋根の上にいたから」って答えだった。その時に、次からちゃんと敷物を用意していくよう言い聞かせた。まあそれは関係ないんだけど、とにかく、ぼくが寝ているあいだ屋根の上に行っているというのを知っていたのはそんなわけだった。

咄嗟《とっさ》に敷物（ちゃんと敷いてくれていた。自分勝手な彼らだけど、強く言えばそれなりにぼくの意見だって通るのだ）を摑《つか》んで、滑り落ちるのを防いだ。彼女もぼくの身体《からだ》を摑まえて助けてくれた。

そう、彼女だ。ぼくが仰《の》け反って転倒しそうになった理由の第一は。

相手が、知っている子だとは思っていなかったのだ。

逢空優梛だった。幼馴染の。

理由の第二は、逢空優梛の顔があまりに間近にあったから。鼻が触れるかっていう距離で、息遣いの暖かさもほんのり感じた。唇に感触も残っていた……多分。思い込みかもしれないけど。でも、キスする以外にこんなに顔を近づけることなんてあるか？

第三は、彼女のその顔が、今まで見たことのない表情だったから。

第四は、近くで見た瞳があまりに綺麗《きれい》だったから。

第五は、髪の……もういい。きりがない。とにかく足元から脳天まで爆発が通り抜けたみたいだった。なにも考えられない。多分、きっと、一生、もう、うん、どうだろう、そうだろう、こんな朦朧《もうろう》としたまま治らないんだろうとまで思ったけれど、彼女の発した一言で我に返った。

「ヒリ様？　どうなさいましたか？」

そうだ。彼女はぼくを九谷光太郎《くたにこうたろう》だとは思っていない。

そして彼女も逢空優梛じゃない。とりあえず、今この瞬間は。

数百年を経てようやく逢《あ》えるようになった第二史ロスメキアン人の恋人たちが、ぼくらの脳内にいる。

2

それは二週間ほど前に初めて知ったことだった。

違和感は、もっと以前からあったといえばあった。

本棚の本の並びが変わっていたり。

やった覚えのない宿題が、朝起きたら完璧に済んでいたり。

学校に行こうとしたら、雨が降ったのは夜の間だけなのに、なんでか靴が湿っていたりとか。そういうのはたびたびあったけど、事実を知るまではそんなに気にしていなかった。

さらにちょっと遡る話だけど、ぼくは高校生になって短期のバイトを始めた。

前々から両親に言ってあったんだけど、あまりわりのいい仕事ってないねと嘆いていたら、母親が紹介してくれた。知り合いのショップの棚卸や処分品を運ぶ、まあ軽い肉体労働だ。それはどうでもいいんだけど。

なんで高校入ってすぐバイトしたかったかというと、スマホが欲しかったから。

で、それなりに頑張った甲斐《かい》あって、遅い梅雨入りの前くらいに待望のスマホを購入した。安い機種だけど。

買って帰った日、あれこれ機能を試して眠りについた。

そして朝になって可愛《かわい》いスマホを手に取ろうとすると、そこに一通のメモが添えてあった。

「一番新しいビデオを見て――あと、はじめまして」

ぼくが撮ったものではない……少なくとも記憶にない動画が一件増えていた。

そしてそれはぼくが撮ったものだった。

記憶にないぼくは画面の中で、なんの戸惑いもなくこう言った。

「おはよう。ボクはヒリ。今は喪《うしな》われた偉大なエガンボイド、第二史ロスメキアン王国の魔導技官だ。どうしても話し合わないとならない。キミがこの頃、夜更かしが過ぎる件について」

あまりに呆気《あっけ》に取られたので、再生を一時停止したのは奇跡だったかもしれない。

とはいえ止める意味があったわけでもないんだけど。ただとにかく、状況を呑《の》み込む時間が必要だった。

「なにこのショッキングなやつ……」

思わずぼくは、ひとりでそう言った。

誰かのいたずらだろうかと疑ったけど、停止された動画に映っている顔は間違いなくぼくだ。こんな映像を偽造する技術、ぼくの知り合いの範囲内にあるわけない。ハリウッドでも多分簡単じゃない。

再開すると画面の中のぼくは優しく微笑《ほほえ》んできた。

「きっとキミは今、困惑しているだろう。今の時刻は四時五分二十七秒。キミが寝入って三十四秒後からこの映像を記録し始めた」

と、画面がずれて壁の時計を映した。映像のぼくが言っていることは気味悪いくらい正確だった。

そしてわざとなのかどうか、ベッドも見切れたけど、そこにぼくは寝ていなかった。

「キミは今熟睡している。この新しい……スマホっていうのかい。これをいじっていて就寝時間が随分遅くなったね。そのせいでボクは今晩、ケティチェネに会えない」

彼は、いやぼくは不安そうに口をすぼめた。

「きっと彼女は怒ってる。明日会ったら、その言い訳をしないとならない。貴重な時間はまた潰れてしまう。深刻な問題だ。とても深刻な。こうしたことがこの頃多すぎる」

画面の中のぼくは、落ち着いて見えたけどかなり怒っているようだった。

夜更かしについては、まあ言われた通りではあった。バイトは毎日あったわけじゃないけど、なかった日でも新しい高校生活でバタバタしてたり、友達と遊んだりで、帰りが遅くなるのはしょっちゅうだった。

弁当箱を早く返して欲しいのよね、いったん帰ってから出かけられない？　と母親に文句を言われたりはしていたけれど、まさか動画の自分に責められるのは予想外だった。
しかも言っていることが全然意味不明だ。寝ぼけていたにしてもひどい……さすがに見ていられなくて、そこで動画を消した。スマホ買ったら浮かれてこんなことになるのか、と結構へこみつつ学校に行った。ただまあ、この話自体は友達にウケた。見せろ見せろという流れにはなったので、消しておいて正解だった。

「きっとボクのメッセージを聞かずに消したんだろう。最大の過ちだ。でもボクも言っておくべきだった。これは重大な話なんだと」

翌朝、また新たに追加されていた動画のぼくは前日にも増してキレていた。ただそれは怒っているというより、怯《おび》えているようにも見えた。まあ見えたというか……思いっきり顔に引っかき傷があったんだけれど。その傷はなんていうのか今はぼくの顔面にあって、痛い。人の爪で引っかかれたような形だけど、動画のぼくはその件については一切口にしなかった。触れるのも怖いみたいに。

ぼくは遠い違和感が少しずつ現実に忍び寄ってくるような怖さを覚えていた。仮にぼくが寝ぼけてこの動画を撮っているんだとして……そしてこの傷までつけたんだとして、それでも目が覚めないものなんだろうか。

「承知して欲しいのは、キミが眠っている間のうち数時間をボクに貸して欲しいってことだ。そして必ず真夜中前に就寝すること。まずはそれだけお願いだ。詳しい説明は、これから少しずつしていくから」

動画はそこで終わっていた。昨日より随分と疲れ切っていて、気力もないようだった。

「…………」

しばらく考えてから、ひとまず、ぼくはやっぱりこの動画を削除した。

この日は学校が休みだったので、昼のうちは部屋にこもって心当たりのある単語を片っ端から調べた。

夢遊病、妄想性障害、統合失調症……どれも当てはまるようで当てはまらない気もする。

ただなんであれ、自分がおかしくなっているんだとしたらそれを自分で診断できるものなんだろうか。

それでも人に相談するなら、なにか確信できるきっかけが欲しかった。

そのためにどうしたらいいかを、あれでもないこれでもないとプランを練った。そしてどうしても欠かせないものを求めて家を出た。もう夕方前になっていた。昔はちょうど、こんな時間にここを走ったな……なんて思いながら近所の道を駆け抜けた。

着いたのは逢空優梛の家だ。

意を決してぼくはインターホンを押した。指が震えているせいで一回押し損ねた。これから頼もうと考えていることを思うと、気おくれなんて次元のものじゃなかった。自分が正気かどうかも分からない状況でなければ、こんなことできなかっただろうとは思う。

3

逢空優梛とぼくの関係について。

簡単に言うと幼馴染だ。小学生の頃はクラスがずっと一緒で、家も近所だったのでよく遊んだ。男子仲間の今にして思えばしょうもない悪ふざけなんかにも率先して参加するような子だった。球技をやらせても誰よりも上手《うま》かった。女子だけどまあ面白い奴《やつ》、というのがぼくらの間での逢空優梛の評価だった。

中学生になるとその評価は違ったものになっていった。

ぼくは多分、それになかなか気づかなかった。逢空優梛とは同じ中学だったけど、クラスは一度も同じにならなかったし、疎遠になって正直それほど思い出しもしなかった。それでも友達連中がひそひそと、他クラスの彼女の名前を口にするようになった。それでもぼくはまだ、髪をちょっと伸ばし始めただけだろくらいに思っていた。

三年生になる頃には、逢空優梛はもはやすっかり見違えていた。

迫る男子は多かったはずだけど、当人がいたってキッツイっていうのか……興味ないようで、そういうのは寄せ付けなかったらしかった。外見が綺麗になっても、中身は子供の頃からあまり変わってない気がする。

成績も良かった逢空優梛は、ちょっと遠めの名門女子高に進学した。うちの学校からはひとりだけだ。いよいよ本格的に疎遠になったわけだけれど、実は毎朝駅で顔を見ていた。電車は反対なんだけど、必ず向かいのホームの同じあたりに並んでいたのだ。このあたりでは珍しい制服なので彼女は目立つ。ただそんな有名デザイナーのブランド制服を着ながら、おばさんに押されたら鞄《かばん》で同じだけやり返したり、朝から騒いでた酔っ払いを怒鳴りつけて喧嘩《けんか》になり、結局ふたりして駅員に連れられていくのを見かけたりした（まあ多分遅刻しただろう）。

インターホンに彼女の名を告げて、その場に待っていると、玄関が開いて逢空優梛が出てきた。部屋着に制服の上着を羽織って、髪もセットしていないという格好だけれど、正直ここまで走って息をあがらせたぼくのほうが惨めなくらいだった。

「あの……」

ぼくが言うより先に、逢空優梛のほうが声をあげた。

「九谷⁉　えー、なに。九谷だよね。久しぶり？」

いきなりの訪問なのに彼女がそんなに嫌そうではなかったので、ぼくは一応ほっとした。

でも、ぼくの様子——つまり勢いそのままに走ってきて悲愴《ひそう》な話を切り出そうとしているぼくを見て、みるみるうちに逢空優梛の顔は曇っていった。

「え……なに言おうとしてんの？　変なことだったらやめてよ？　ねえ。友達いなくなるの、ほんっとに嫌なんだから」

彼女の誤解は理解できる。きっと飽きるくらい繰り返されたパターンなんだろう。

ぼくは手を振って否定した。

「いや、変なことかもしれない……けど、ちょっと違うんだ。洒落《しやれ》にならないくらい変なことなんだ」

「洒落じゃないの？」

功を奏したのか、逢空優梛は瞳を輝かせた。

「すごく変なこと？　ドギモ抜かれる？　ドギモってどのへん？」

「いや、それはよく分かんないけど」

自分の身体を見下ろしてわくわくし出す逢空優梛に、ぼくは言った。

「ちょっと頼みたいことがあるんだけど、理由は説明できないんだ」

「なにそれ。それ面白い？」

「どうだろ。でもさ、エクソシスト覚えてる？」

逢空優梛は覚えていたようだった。わりと期待して笑みを浮かべたから。

4

逢空優梛に頼みごとをしてから家に帰った。

そして夕飯後くらいの時間に、今度は逢空優梛がうちにやってきたものだから母親はちょっとしたパニックに陥った。

「いえ、あの、お母さん。わたしっす。ただの逢空です。覚えてないですか……？」

逢空優梛がいくら言っても、うちの母親は去年他界した祖母の遺影を抱えて男泣き（？）するばかりだった。

「お母さん……見て。ついにうちの子が女の子を家に呼んだのよ。女の子よ女の子。くさくないし、騒がないし、ポテチじゃなくてフィナンシェを食べる生き物が、ついに我が家に」

「いや、食べますよポテチも」

階段の下から微動だにしない母を後目《しりめ》に、逢空優梛とぼくは部屋に上がっていった。

最後、母親が声を震わせながら言ってきた。

「あ、あああああの、光太郎？　お母さんあとでお茶とか持っていって大丈夫？　ままままさか、あんたその、それ嫌がる感じ？　もうそんな？　そんななの？」

「お茶とかいらないから」

ぼくが即答すると、母親はひきつけを起こしたように仰け反った。

明らかに地雷を踏んだ気配と、逢空優梛の真っ赤になった困り顔を見て、ぼくは急いで訂正した。

「逢空は、別にすぐ帰るよ。母さんが思ってるようなことじゃないからね」

もともと時間をかけるつもりはなかったけれど、これでなおさらゆっくりできない感じになった。

なので部屋に入って手早く準備を済ませた。逢空優梛のスマホとアプリを設定して、ぼくのスマホを机から部屋全体を写せるように置く。さすがに一晩中録画するのは容量的に無理だけど、これで今夜、逢空優梛のスマホでぼくを監視できるようになった。

問題はここからだった。用意してあった荷造り用ロープとガムテープを逢空優梛に渡す。ぼくがベッドに横になると、妙にうれしげな逢空優梛がぼくの手足を縛って固定した。そこまできつくはないけど自力では脱出できない。最後に掛布団をかけると、ぱっと見にはただぼくが寝てるだけの状態になる。

どうにか手際よく済ませたので十分くらいだったろうか。変な誤解を与えると悪いので、逢空優梛にはすぐ帰ってもらった。くれぐれも今晩よろしく、と言うと逢空優梛は

「たのしみー。首とか回るんでしょ？」と機嫌よく帰っていった。

「あんた、ちゃんと送っていかないと……」

母親が怒って部屋に来たが、いきなり寝ているぼくを見て勢いを削《そ》がれたようだった。

「……どうかしたの？」

「いや、ちょっと。早起きしたいからもう寝ようと思って」

「そ、そう……」

釈然としないようではあったけれど、いろいろ情報量がパンクしてしまったのか、母はそれで退散した。喧嘩したんでも送るのは送っていかないと駄目よ、とこぼしてはいたが。

いや、こんな状態でなければ送っただろうけど……

とはいえまだぎりぎり日も暮れていない。焦ったおかげで真夜中まで五時間もあるのに縛られたまま待たないといけなくなってしまった。

と。

「きゅー太郎」

部屋にいきなり声がしたのでビビったが、しばらくして理解した。スマホからだ。

逢空優梛だった。ビデオチャットになってるので通話もできる。話すことは考えてなかったけれど。

彼女は帰り道の途中だろう。早く部屋にもどろうとしてるのか少し息があがっていた。

「そうそう。きゅー太郎だ。みんなそう呼んでたよね？」

「小学生の時はね」

「今は？」

「普通に、九谷とかだよ」

「そうなんだ……まあいいや。きゅー太郎、なんでわたしに頼んだの？」

歩きながら話しているせいだろう。ぼくのスマホに映っている逢空優梛の顔は安定しない。口、鼻、肩……とあちこち細切れに映しながら、周りの風景もたまに分かる。もうほとんど家の前だったように見えた。

机に置いたスマホの小さい画面に向かって、ぼくは答えた。

「いや……家族だと心配し過ぎて本気で大騒ぎになるかもしれないし、他の奴らも、真面目に付き合ってくれないか、真面目になり過ぎるかって感じがして」

がちゃり、と音がした。

逢空優梛が家に着いたのだろう。玄関の扉を開けて、ただいまーと言う声が入った。

そのまま階段を駆け上がって部屋に入る。

ぼくはちょっと気にしたけれど、逢空優梛はまったく躊躇《ちゅうちょ》もなかった。考えてみると向こうの部屋ものぞけてしまうことになるので、ごめんそれ考えてなかったと言い訳しようとしたのだけど、彼女があまりにあっけらかんとしているから言いそびれた。

彼女はスマホを机かどこかに置いたのだろう。画面が安定した。改めて、逢空優梛が真《ま》っ直《す》ぐにこっちをのぞいている。

「わたしって丁度いい？」

「なんとなくね。久しぶりなのにこんな用件でごめん」

代わりにそっちを謝った。逢空優梛は手を振った。

「いーよいーよ。このくらいのほうがさ。なんかもう、しゃっこちょ……しゃっきょ……しゃっちょこばった？　みたいなのばっかりでさー、新しい学校」

結局、こんな話に彼女が食いついてきたのはストレスもあったのだろう。顔をしかめてぶつくさ続けた。

「あんまり考えずに学校決めちゃったけど、なーんか空気合わなくてさー。猫が発情して騒いでるのに『猫ちゃんたちが合唱してますわね』だって。女子高なんてもっとぶっちゃけた世界だって聞いてたのに。逆の意味で予想外」

「また慣れてくると緩むんじゃない？」

「どうかなー。渡り廊下に猫のウンチあってもさ。『あら。片づける人を呼んだらいいかしら』よ。気づいた奴がやらないどころか、人呼ぶのすら人にやってもらおうとすんのよ」

「猫いっぱいいるんだね」

「いるのよ。山奥だから。まあそこはいいとこなんだけど、通学は電車乗ってバス乗って大変。おかげで始業時間は遅いんだけど、そのぶん帰り遅いのよね」

しばらくは逢空優梛のそんな学校の愚痴を聞いた。逆にこっちの話もすると、逢空優梛は懐かしがった。さっきは言わなかったけど逢空優梛に頼むのを思いついたのは、単純に彼女がひとりで他校に行ったからというのもある。ぼくがなにかヤバい病気だったならどうしようもないけど……大したことない話だったら、みんなに内緒にしたかったからだ。

でも怪我《けが》の功名だけれど、彼女に頼んだのは良かった。

そのあと何時間も、逢空優梛とあれこれ話した。たっぷりあるようなあっと言う間のようなこの時間で、逢空優梛はすごくよく笑うし、怒るし、遠慮なく呆《あき》れるのが見れた。なにか言うと必ず顔が変わるから、もっといろいろなことを話したくなる。まるで大勢の逢空優梛がいるみたいに。

彼女は気楽になんでも話したがった。何年も話してなかった分、以前のことを思い出しては笑い転げた……ぼくは転げられないけど。

途中、逢空優梛が風呂に行った時は、画面から見れる部屋の中が気になった。ガサツな逢空優梛だけど部屋はかなり綺麗だ。古い映画のポスターが貼ってあって、趣味も昔と変わっていないのかもしれないな、と思った。彼女のお父さんが古い映画マニアで、そのコレクションをふたりで見ていたのだ。逢空優梛もぼくもホラーが好きだった。やがて飽きてしまったけど、当時はふたりで本気で怖がった。

そんなことを思ってほのぼのしていると、逢空優梛が髪を拭きながら堂々と寝間着で部屋にもどってきたので絶句した。しかもうっすら見覚えのある、子供用パジャマを無理してまだ使っているのを見てだ。

あったまっていい気分になっていたのか、鼻歌混じりにまた画面前に座ってから……多分、ぼくの顔を見たからだろう。逢空優梛ははたと自覚して、ぎゃあと叫んで横に吹っ飛んだ。次にもどってきた時には、夕方にも着ていた制服の上着を羽織っていた。ぶつけたらしい頭をさすりながら、誤魔化すように笑って、なにごともなかったと言い張って話を続けた。

なんとなくいい奴だよな、逢空優梛……

そうこうしているうちに真夜中が近くなってきた。気づいたのは逢空優梛だ。そろそろ寝ないとなんでしょ？　と言うので、ぼくはそうだねと答えた。

「あのさ、きゅー太郎……思ったんだけど」

ちょっと気まずそうに逢空優梛が言い出した。

「俺も」

とぼくが思わず言うと、彼女はきょとんとした。

「え?」

「あ、いや、言い間違い」

ぼくは慌てて言いつくろった。なんていうのか素で、きっと同じことを考えてるに違いないと思い込んでしまったのだ。こんなことどうでもよくなってきたから、もう少し話していたいと。

逢空優梛は少し首を傾《かし》げてから、気を取り直して訊《たず》ねてきた。

「トイレ大丈夫?」

「…………」

考えてなかった。

5

トイレのせいで本当に明日は早起きになりそうだなとか。

明日また逢空優梛に解きに来てもらうとして、それまで大丈夫かなとか。

そんなことを今さら思いながら、ぼくは眠りについた。

そして目が覚めたら部屋は明るかった。

明るいのは予想外ではなかった——照明は点《つ》けたままだったからだ。いつもは暗くして寝るけど、今夜は映像を撮っているから明かりが必要だった。ただ部屋が明るかったのは窓から入ってくる朝日のせいだった。ベッドに起き上がってひとつひとつ、ぼくはぞっとしていた。まず、ぼくを縛っていたはずのロープは束ねて机の上に置いてあった。一緒に、剝がしたガムテープも丁寧に畳んである。もちろん剝がしたガムテープなんてただのゴミだ。しかし大事そうに畳んであった。普段のぼくならそんなことはしないし、そもそもロープもテープも自力で外せたはずはない。仮にできたとして、ガムテープを破るどころかこんな綺麗に剝がせるものなのか。そして手足を見ても、擦り傷ひとつない。

寝る前に少し感じていたはずの尿意も今はない。一応念のため調べたけれど、漏らしたわけでもない。部屋は寝る前とほとんど変化ない。

スマホのビデオチャットは切れていた。立てかけておいたはずが、机に置いてある。倒れたのではない。角度や位置からして、誰かが一回手に取ってそこに置いたに違いない。

なにも考えないようにしながら、スマホを手に取った。持ち上げるとその下に、小さいメモが置いてあったのが見えた。ノートの切れ端だ。

それにはこう記してあった。

「ボクらはきちんと話し合う必要がある」

スマホのロックを解除しても、新しい動画などはなかった。

履歴を調べると逢空優梛との通話は午前一時くらいに切れたようだ。

彼女は多分、なにかを見たはずだ。すぐにも訊《き》きたいけれど、さすがにまだ明け方だ。メッセージだけ送った。なにかおかしなことはあった？　と。

すぐに返事が来ないのは仕方ないとして。でも昼を過ぎても返信がないので、ぼくは焦ってきた。

ぼくが思っていた最良の展開は、こうだ。逢空優梛は昨夜、ぼくが妙な寝言を言うのを見て面白がる。ロープとガムテープについてはなにかすっきり納得のいく理由があって、それも判明する。それを今日一日話して、笑って、それで解決する。

最悪の展開は……なんだろう。今となってはその妙な寝言というのを逢空優梛に見られたくはなかったかもしれない。でもそう思えるようになったのは昨日、彼女に頼んだからだ。皮肉といえば皮肉な話だ。

でもなんにしろ、なにも分からないこんな状態で生殺しなのよりはマシだ。もう一度メッセージを送ろうと思って、スマホを手に取った。通話でもいい。

でも手にしてから、あれ？　と思った。左手でスマホを持っている。右手で取ろうとしたのに、先に左手が動いたようだった。

「………？」

何秒間か、じっと見下ろしてようやく気づいた。ようだったじゃない。ぼくの意志を無視して、左手が本当に勝手に動いている。

左手の親指がスマホのロックを外して、メモ帳に文字を入力し始めるのを、ぼくはただ見ているしかなかった。

「こんにちは。ボクはヒリ」

「………」

どうしようもない。ぼくはただ見るだけだった。

かなりの時間待ってから、左手がまた文字を入力した。

「キミはしゃべればいい」

「どうなってんだ」

「ボクはキミの中にいる、別の人間だ」

「俺、やっぱりどうかしちゃってるのか……？」

どうかしていないわけもない。どう見ても寝ぼけているとかの次元じゃない。

逢空優梛もこれを見たんだろうか……それで、怖くなって音信不通になった？

無理もない。ぼくだって逃げ出したいくらいだ。

でも、なにをどうやって逃げられるんだ？　おかしいのはぼくそのものなのに。

「心配しなくてもいい。ボクは敵じゃない」

「そんなこと言ってるんじゃない。こんなの……どうしたらいいんだよ」

「やむにやまれぬ事情があってのことなんだ。それを説明させて欲しい」

「説明？　なんなんだ。どこからどこまでが病気なんだ……」

わめき出さなかったのは冷静だったからではなくて、混乱が行き過ぎたせいだった。泣くことすらできない。自分の頭で思いつくこと全部が自分の考えなのかどうか、そんなことも怪しくなってくる……んだけど、もちろん怪しんでるのだってぼくなのかどうなのか。果てしなくわけが分からない。

「キミは病気ではない。ボクはキミの脳が生み出しているものではないから」

「なにを言ってるんだか――」

「証拠を見せよう」

ぼくが罵るのと同時に、左手が文字を入力するのだからおかしな感じだった。だけど、次に起こったことはそれどころじゃなかった。そしてぼくを黙らせるのに十分だった。

最初、椅子から滑り落ちたのかと思った。

でもいつまでも床に落ちない。逆だった。ぼくの身体は宙に浮かび上がって、天井近くで静止した。

飛んでいる。無重力のようだけど、違う。上下の感覚は残っていたし、何億本もの見えない糸に吊《つ》るされているというほうが近い。なにかがぼくの身体を持ち上げているのだ。部屋には誰もいないのに。

スマホには既に次の文字が入力されていた。

「エガンボイドの魔導技官になら誰でもできる。ボクの力はそれほど強いものではないけれど。でも、この星の技術では不可能なことだろう?」

「この星……?」

地球のことだろうか。

「エガンボイドってなんなんだ」

浮かんだままぼくは訊ねた。左手が答える。

「ボクらの故郷だ。でも、もう存在しない」

ようやく話を聞く気になれた……というか浮かんだ状態で身動きも取れないんだけど。

ともあれぼくに、彼は説明を続けた。

彼の名はヒリだ。エガンボイドの第二史ロスメキアン人だという。

……いや本当にヒリはなんとなくそれで通じると思っていたようだった。他文明の存在も予期していないくらい遅れた人類を想像すらできなかったらしい。大きなお世話だ。

簡単に言うとエガンボイドは遠い宇宙にある星らしい。いや、あったというべきか。

彼らのエガンボイドは災難に遭って滅んでしまった。

彼らはエガンボイドで、特別な地位を持った人々だった。これまた簡単に言うと超能力者だ。ヒリに言わせると純粋な科学技術で、地球よりも多少進んでいるだけさ、という。その技術力でヒリたちは破滅からの脱出計画を練った。記憶と人格を小さなチップ状に装置化して、宇宙船で星を後にした。何百年になるかも分からない航海を、生きたままではできないからだ。

「ただし、飽くまでそれは装置だ。ボクの作った生体素子演算器で、ボクらはそれまでの記憶と人格は完全にコピーできた。でもそれ以降の人生を送るには生体の脳がどうしても必要だ」

「どうして」

その頃にはぼくは椅子に下ろされていた。疲れたとヒリが言った。ただでさえ長くは起きていられないらしいのだ。

力を使ったからもうあまり長くは話せないと断りながら、ヒリは続けた。

「成長の仕組みまではボクは作れなかった。というかランダム性を含めてもボクが作ったとしたらそれはもうボクの成長とは言えない。自分の将来を自分で設計してしまうような矛盾を生む。生体でないとならなかった」

「そう……か」

分かるような分からないような話だ。

長い時を経てヒリたちはこの地球にやってきた。

そしてまだ頭蓋骨の閉じていない、生まれて間もない赤ん坊の脳に入り込んだ。

「入り込んだ⁉」

「いちいち驚くのやめてもらえないかな。キミが生まれた時から、ボクのチップはキミの脳幹に入っている」

「知ったのは今だよ！」

「それからまたしばらく、ボクは休眠していた。キミの知育に支障があってはいけないから。目覚めたのは一年ほど前のことだよ」

「……みんなそうなのか？」

「みんなとは？」

「仲間がいるんだろ？」

「ボクの計画に乗ったのは、ボクともうひとりだけだ」

「じゃあ、ふたりなのか」

「そう。ボクのケティチェネだ」

スマホの文字に過ぎないというのに、その一言にどことなく甘い響きを感じたのは、ヒリがあまりに知ってて当たり前という風にその名を告げたからかもしれない。彼にとってはそれが世界のすべてであるかのように。

「愛するケティとともに宇宙を跳び越えてきた。彼女はボクよりずっと強い魔導技官で、身分も違った……けど、ボクしかケティを守れない。彼女と生きるためにすべてを乗り越えたんだ」

「でも……」

考えながら、ぼくは問いただした。

「その彼女も誰かの脳に入ってるわけだよな？」

「もちろん」

「じゃあ、お前らが付き合うって言いながら、会ってるのは俺と……誰か知らない人？」

「それは申し訳ない」

「ちょっと待ってくれよ！」

「キミたちが寝ている間のことだから、キミたちが気にする必要はない」

「ある！」

「ないという理由をひとつひとつ説明していこう」

とりつく島がない……

居直り強盗みたいなものではある。なにしろ相手は脳の中にいるチップだ。どうにもしようがない。

「キミが寝ている間、そのうちの何時間か、キミの身体を使いたいだけなんだ。キミの脳の大半はきちんと寝ているから、キミの健康に支障ないことは保証する」

「そういうこと言ってんじゃないんだけど」

ぼくが歯嚙《はが》みしながら言っても、ヒリは動じた感じもない。ぼくはそのまま嫌みを言った。

「同じ脳にいるってわりに、こっちの気持ちは伝わらないんだな」

「記憶や感情は基本、共有していない。人格に関わる部分だからね。人格保持はかなりデリケートだから、こうして同時に意識を持つことも避けたい事態だった。なにか不具合が起こる恐れも、少ないながらある。でも毎夜交替しながらではらちが明かない。事情を知ってもらったうえで協力を求めるしかないと判断した」

「俺が早寝するのがそんなに重要なのかよ」

「そうだ。ボクとケティは通信手段がない。だから時間を決めて待ち合わせるしかなかった」

「電話でもなんでも使えばいいだろ」

「痕跡を残したくない。キミにはこうして打ち明けたが、ケティのほうの宿主には秘密だ。向こうがキミと同様に受け入れてくれるか未知数だし」

「納得はしてないぞ、まだ」

「キミにもメリットがあればいいんだろう?」

と。

左手から滑り落ちたスマホが机に落ちて、ゴトンと音を立てた。ヒリが落としたのではない。急に左手の感覚がぼくにもどったせいだ。

それっきりだった。ヒリの言いたいことが終わったのか、単に力尽きたのか分からない。

疲れたのはぼくもだった。ただぼくは気絶もできない。不公平だ。

スマホを拾い直すとちょうど着信が鳴った。

逢空優梛からだ。

通話ボタンをタップすると即座に、なんの間もおかずに彼女の声が入った。

「家にいる?」

「う、うん」

「そう」

有無を言わさず通話が切れる。走っていたようで、かなり息があがっていた。

なんとなく察して窓を開けると、もう近づいてきている逢空優梛の姿が見えた。わりと速い。制服姿なのに。

（制服？）

と思うとおかしなことではある。今日は休みだし、現れたのも逢空優梛の家とは反対方向からだ。駅から走ってきたのだろうか。

逢空優梛はこちらに目も合わさず、ぼくの家の玄関に飛び込んだ。インターホンが鳴る。

迎えに降りようと部屋から顔を出すと、もう母親が応対していた。

「まあ！　あらあらまああいらっしゃいいらっしゃい……」

どうなのかというくらい喜色満面の母親だったが、逢空優梛のほうはというと息を整えながらどこか真剣そうな様子だった。

「いきなりすみません。お母さん、あの――」

「お母さん！　まだお母さんと呼んでくれるのね。ああもうなんてこと。どうする？　もう今日からうちの子になる？　おそろいのタトゥー入れる？」

「いえ、じゃあその……光太郎さんのお母さん。わたし光太郎さんとどうしても話さないとならないことがありまして」

「なに？　昨日の喧嘩のヤキいれるの？　手伝うわよお母さん。あ、もう一回お母さんって呼んでくれる？　オクターブ高い声に飢えてるの……」

「母さん！」

呼んだのはぼくだった。母親は地獄のような形相で、階段上のぼくのほうを見上げた。唾を吐きながらうめく。

「とっくに飽きられた思春期息子に呼ばれたところで、ヘドロ呑んでるクソ心地だぜ……」

「マジか母上。分かったよ明日から孝行するから。ほら、逢空が困ってるだろ」

実際に困り顔の逢空優梛を部屋に招き入れる。

逢空優梛を先に入れて、ぼくは扉を閉めながら必死に頭を回転させていた。彼女に訊きたいこともたくさんあるし、話さないとならないことも同じくらいたくさんある。口を開きかけたぼくに、逢空優梛は振り向きざま——

「悪霊退散！」

声をあげて、懐から取り出したなにかを振った。

ばしゃ、と頭から冷たいものをかけられて分かった。彼女が取り出したのはペットボトルだ。その中身の水？　をかけられた。いきなり。

「………………」

咄嗟にぼくがなにも言えなかったのは、逢空優梛が真剣そのものの顔をしていたからだ。

彼女は続けて別のものを取り出した。これも小瓶だが、ペットボトルより小さい。

食卓塩だった。それをまた一心に、ぼくに振りかける。

ぼくがただ黙っていると、ようやく気が済んだのか、逢空優梛は塩をしまった。

「これでひとまず、きゅー太郎正気にもどったはず……」

「正気だよ」

「良かった！　効果あった！」

飛び跳ねんばかりに喜んで、逢空優梛がぼくの手を取る。

握ってひとしきり振り回してから、彼女は深々と吐息した。

「うちの学校に、教会あるんだけど」

「う、うん」

「今日日曜でしょ。行って、もらおうとしてきたの」

「なにを」

「聖水と十字架」

きっぱりと答える逢空優梛に、ぼくは重ねて訊ねた。

「……もらえた？」

「無理だった。ていうか校門開いてなかった。無理やり入ろうとしたら警報鳴ったから逃げてきた……」

「じゃあこの水は？」

「コンビニで買った……」

いろいろと突っ込みたいことはあったけど、なにを言っても意味がないようにも思えた。逢空優梛が昨夜なにを見たのかも想像がついてきた。そもそもエクソシストなんて言い出したのはぼくだし。

やり遂げた顔で、逢空優梛は語った。

「連絡があったのも分かってたけど、電話じゃ、きゅー太郎なのか悪霊なのかが分からないからさ。準備整えて会わなくちゃって思って」

逢空優梛はしっかりとぼくの目を見て断言した。

「大丈夫。わたしは味方だから。悪霊なんて絶対追い払うからね」

……逃げたなんて思ったのを、今さら後悔した。

まあ目をきらきらさせて、若干楽しそうに見えなくもなかったけれど。

結局これで逢空優梛は帰っていった。足に縋《すが》りつくうちの母親を振り払いながら。

いや、悪霊じゃなくて宇宙人なんだ、脳にチップ埋めてくる系の――とはぼくも言い出せなかったし、仮に説明したところで意味がないと思えた。

しかしいくつかの点で、これは一歩前進ではあった。

まず、とにかく話をつける相手がなんなのか分かった。

ヒリには寝る前に書置きでも残しておけば、質問や要求に答えてはくれる。込み入った話の場合、この日のように左手だけ使ってコンタクトを取ったりもした。とにかくヒリの求めるのは、ケティチェネとかいう恋人と逢う時間を確保することだけだった。

これからどうしようとか、なにがしたいというのも彼らにはないのだ。ただふたりで逢いたいだけ。その意味では少し同情した。彼ら……なんていったっけ、第二史ロスメキアン人たちには、もう故郷も、そして未来もない。

つまり。

幸いにも……というのかどう考えるべきか難しすぎて完全にまったく分からないけど、彼らは、一線を越えることだけはしないようだった。だから、ええと、ヒリの語った言葉をそのまま繰り返すと、生殖には興味がないようだった。要するにぼくらの身体を使って子供を産んでも、それはぼくらの子供だから。

これは遠まわしに、彼らがぼくたちの身体を完全に乗っ取るつもりがない理由でもあった。今さら地球人として、彼らにとっては無駄な苦労の多い、原始的な生活をする気はさらさらないというわけだ。

いくつかの条件を聞くうちに、少なくとも損害はない……ともかくヤバい損失はなさそうだとは認めた。もちろん根本的な問題はある。けど、脳の奥にある装置を取り外す方法なんてないし、これについてはどうにもならない。

それどころか実は、ヒリはぼくのためにと思ってやり過ぎることすらあった。

数日後、いかつい外国人が何人もぼくの家に車で乗り付けてきた。

彼らはいきなり訪問した非礼を何度も詫《わ》びたうえで、これは国家的、いや人類的な問題で一刻を争うとまで言い切った。

困惑する両親やぼくに、彼らが見せたのは何千枚もの厚さのあるレポートだった。全部英語だ。そもそも得意ではないけど、それにしても一文も理解できなさそうな、一目で難解と分かる文書だった。現在、全米の最高レベルの頭脳がこの文書の解析を行っていると彼らは言った。筆者の署名は……ぼくだった。

このレポートはぼくのスマホからメールで発信されたらしい。いくつかの大学の専門家にいきなり送り付けられた。気づいてなかったけど確かに履歴が残っていた。真《ま》に受けた人は少数だったけど、読んだ人のひとりは失踪していまだ行方不明、ひとりは今も壁に向かって無心に体当たりを繰り返し、あとのひとりがどうにか精神の平衡を維持して読み切ったという。

もちろんぼくはしらを切って、まったくあずかり知らないと断言した。彼らは藁《わら》にもすがるように、あなたがこれを書いたのであれば当校はあなたを最高の待遇で招きますと言い募った。提示された年俸はひとまず百万ドル。初年度として動かせる限界の予算はこんなはした金で申し訳ないと。それとは別にスポンサーはよりどりみどりで、研究費は少なくとも十億ドルを下回らない。このあたりで両親が一回ずつ交代でトイレに逃げ、吐いた。

とにかく知らないし、俺が書いたわけないでしょ、英語の成績は3ですと強弁すると、彼らも渋々認めるしかなかった。そもそも逆に、ぼくだと思うほうがおかしい、当然。

その夜、こうしたことは二度としないようにヒリに釘《くぎ》を刺した。

ただこうしたことっていうのがなくなると、今度は途端にヒリは役立たずだった。彼は毎夜、ぼくの身体で恋人に逢っているのかもしれないが、ぼくは無自覚だし、これまで気づかなかったくらいだ。屋根に登って会っているとかで、服が汚されて迷惑した。いいことなんて別に一個もないじゃないか……

愚痴を言いたい気分でいると大抵、逢空優梛が思いつきの除霊法を提案してきたり、あるいは全然関係ないメッセージを送ってくれたりした。すっかり友達だ。だからまあ……一個もないっていうのは嘘《うそ》なんだけど。

そしてさらにこの数日後にぼくは、ヒリが毎夜会っているのが逢空優梛だと知った。

6

痺《しび》れるような月明かりにさらされて。

屋根の上にふたり、ぼくと逢空優梛――いや、ケティチェネ？　は見つめ合っていた。

何度目かになる呼びかけを、彼女は口にした。

「ヒリ様？」

「本当に、どうなさいました？　さっきからお言葉が少なくて……」

そうして彼女は、寂し気に目を伏せた。

ぼくが凍り付いていると彼女は身体を近づけてくる。ふたりにとっては会話していない時間は触れ合い、慰め合う時だというのが決まっているようだった。

でもぼくがビビって後退《あとずさ》りするから、彼女はますます傷ついたように瞳を曇らせる。

ぼくだってそんなのを見たくはないし、彼女の求めが嫌だったわけでもない。

ただ……わずかでも考えをまとめる時間が必要だったし、互いの呼吸を肌で感じるような距離にいたらそれは無理だ。

（そうか）

と、ひとまず理解できたのは、ここにいるのが逢空優梛であることについてだ。

考えてみたら、同じ時期に同じ病院にいた赤ん坊に寄生したのだから、近しい相手の可能性はかなりあったんだ。逢空優梛とは誕生日もほぼ同じだ。一日違いだけど、ぼくらが生まれたのは真夜中をまたいで数時間の差だった。この近所で考えたら、偶然でもなんでもなかったかもしれない。

一番理解できなかったのは、これが本当に逢空優梛なのかということだ。

そっと寄り添い、見つめてくる彼女は確かに逢空優梛なのだけど、ぼくの知っている逢空優梛とはまるで違う。こんな顔もあったのか、と思う。

それもそうか……ここにいるのは別人どころか、遠い宇宙から来た第二史ロスメキアン人だ。

「いいですわ。黙っておられたいのなら。心臓の音だけ聞かせてください」

彼女はぼくの腕を取って、座るように促した。

屋根に敷いた布の上に、ふたり、ぴったりとくっついて腰かける。

ケティチェネはぼくの肩に寄りかかって語り出した。

「いつも夢のよう。こんなおかしな星からでも、見上げる空は変わりませんわね」

「そう……だね」

恐る恐るぼくが同意すると、彼女は嬉《うれ》しそうに笑った。

「星が滅んだのを良かったとは言いませんけど……でも、そうでもなければヒリ様とこんな時間を過ごすことはできなかったのですね」

「うん」

彼女の声は無邪気だったけど、なにげに、星を失うのと恋人に逢えるのが同等だと言っているのか。彼女の基準をおかしいと思うべきなんだろう。でもぼくも、なにかを犠牲にしてでももう少しこうしていたいと感じてしまう。

ひとまずなにを犠牲にしているかというと……後ろ暗さだ。意図したことではないにせよ、まず彼女を騙《だま》している。

それを知らずにいるケティチェネの笑顔は眩《まぶ》しかった。綺麗だけど、目に痛い。二重にだ。

「覚えてらっしゃいます？　あの時もヒリ様が、神聖主義者どもを煙《けむ》に巻いて、でも卑劣なあいつらが騒ぎを大きくして……」

と、ちらりとこちらを見やる。

なにか共感すべき思い出があるんだろうけど、ぼくは神聖主義者がなにかも知らないし、上目遣いの逢空優梛のまつげの長さに初めて気づいてしまったし、さらに彼女は寝間着だから下着を着けていないのも分かってしまった。明らかに最後のは気づくべきじゃなかった。わけの分からない声が出るところだった。

「あ、ああの時、は、大変だった。ね」

ぎりぎり踏みとどまって答える。ケティチェネはやや不思議そうに顔をしかめたが、許容範囲だったようだ。

「でももう全員、おっ死《ち》にましたものね」

「おっ死に」

「この宇宙をヒリ様とわたくしで独り占め……」

独り占めっていうか、ふたりどころか余計なぼくまでいるんだけどな。そもそも逢空優梛だって寝てるだけだ……

正直に打ち明けたほうがいいだろうか。今さらながらそう思えてきた。ぼくが今ヒリではないことを。でもタイミングを逸してしまったし、彼女の体温が近すぎてなにも言えない。

「ヒリ様？　震えてらっしゃる」

ケティチェネが顔を上げた。ぼくの胸をそっと撫《な》でる手は優しかった。

「雨上がりでちょっと寒いですものね。雨をそのまま降らせているなんて、やっぱりこの星は不思議」

彼女は名残惜しそうに離れた……離れてくれた。

「今宵はこれまでにしておきましょう。また明日。ケティは夢見て待っております」

「あの、ケ、ケティ」

ぼくが思い切って言おうとした時には。

彼女の姿は消えていた。一瞬の残像でしか見えなかったけど、確かに彼女は真上に飛んでいった。

まるで星空に帰っていってしまったようだった——けど、きっと逢空優梛の家に飛んでいったのだろう。音も立てずにすごい速度だった。

ぼくはしばらくそこに立ち尽くした。とりあえずどうやって屋根を降りるか考え始めたのは、ゆうに三十分くらい経《た》ってからだった。

7

問題は思ったより深刻だった。

その日、ヒリに伝言を残して寝た。夜明けまであと一、二時間というところだったけど、週末だったので昼まで寝ていた。伝言では一応、彼に詫びたのと、急にぼくに入れ替わった理由を問いただした。

返事はなかった。というより、メモを見た形跡もなかった。

昼頃に逢空優梛からメッセージが来たけど、これこそどの面下げて返信すればいいのか分からなくて何時間もほうっておいてしまった。内容はどうってことない、昨日の番組見た？　くらいのものなのに。ケティチェネの瞳と声ばかりが思い浮かんだ。

逢空優梛も誰かを好きになったらあんな顔を見せるんだろうか。

それを思った途端、自分でも驚くくらい落ち込んだ。その彼女が見つめるのはぼくじゃない。逢空優梛も、ケティチェネも。

夜、やっぱりヒリに伝言を残した。内容は同じだけど、もし怒っているんだとしてもなにかしら返事だけしてくれと付け加えた。ぼくに悪気はなかったし、これからはもっと協力するし、と。

その反応もなかった。

これで恐れが強まってきた。ヒリはあれ以来ぼくと交替していないのかもしれない。同時に現れたことで不具合があるかも、とヒリは言っていた。これがそうなのか。

その次の夜、もしかして眠りが浅いとかそういうことなのかと、一通りあたりをジョギングしたり、筋トレ的なことをしてからベッドに入った。

不意に目が覚めた。時計を見ると時刻は〇時を五分過ぎたところだった。

自然に眠りから覚めたわけではない。聞きなれない音を聞いた気がした。めりめり、ぶちゅんというような。なにかねじ切るような物音だ。

がたがた……と次に音を立てたのは窓で、さっきの音がなんだったのかそちらを見て理解できた。窓の鍵がねじ切れて床に転がっている。

今度は窓が開いた。そしてその窓の外には逢空優梛が浮かんでいた。

いや浮かんでいたのだから逢空優梛ではない。ケティチェネだ。彼女はこの前とは打って変わって冷たく部屋の中を睨《にら》んでいた。起きているぼくと目が合っても、にこりともしない。

無言で部屋に入ってきた。それどころか足音もない。浮かんだままだから。彼女はべッド脇まで近づいて、囁《ささや》くように言った。

「昨日はどうして会ってくださいませんでしたの？」

「いや、あの」

ぼくの言い訳はそこで止まった。止められた。

きゅっと、見えない縄で締められるように。ぼくはなにもできなくなった。ケティチェネには触れられてもいないのに、ベッドから引きずり出されて空中で丸められる。丸められるというのは文字通りで、他にどう言えばいいのか分からない。手も足も首も伸ばせず、物のように固められてしまった。

それもものすごい力だ。震えることもできない。ぼくは、ヒリがリスクを言いながらもコンタクトしてきた理由を思い出していた。

「もう会いたくありませんの？」

さらに力が強くなる。そろそろ呼吸も怪しくなりそうだった。抵抗どころか言い訳もできない。

ケティチェネはきっと、ぼくを傷つけるつもりはないのだろう——多分。でも怒りのあまり加減ができず、必死にぎりぎりで踏みとどまっている。そう見えた。

ヤバい。と思っていると……

ケティチェネがなにかに気づいた。机の上のメモだ。まあ目につくように置いたわけだから。それが幸いした。

ヒリあての伝言を、彼女は何度も読み返した。その間、怒りが収まるということもなかったけれど。彼女が再びぼくを見る頃には、どうにか声を出せそうなくらいには力が弱まっていた。

「俺……ヒリじゃないんだ。今」

「どうして」

「いや、理由は俺も知りたい――」

「ヒリ様を消したの？」

「ち、ちが」

彼女はぼくを窓の外に放り出した。

落ちはしなかった。むしろあっと言う間に家が、町が、地面が遠ざかっていく。

ひんやりと感じる冷たい空気は、これは雲だろうか……

地図アプリでもあまり使わないような高度でぼくは止まった。

空高くにいても星空は近くにならない。すべてが遠く、触れられるものがなにもないことに無力感が突き刺さる。場違いながら一昨日のことを思い出していた。逢空優梛に触れられているだけで、これとまったく逆だったのに。

でもこの場合だと、ぼくのあとを追って上昇してきたケティチェネの姿を見て余計に怖かった。彼女が近づいてくると、それまで吹き荒れていた風の音が聞こえなくなって、冷気も収まった。彼女がバリアみたいなもので防いだのだろう。

ただ、また別の寒気はますます強まった。

「ヒリ様を返しなさい」

あれほど美しく感じられた彼女の瞳は……

恐ろしいことに、なお綺麗だった。

ヒリではないぼくのことなんて、邪魔な虫くらいにしか思ってないのが分かってもだ。

「俺にも分からないんだ。どういうことなのか」

「返しなさい」

「だから話を聞いて」

「返して！」

彼女はぼくの頭を両手で摑んで、語気を強めた。

「また別の個体に植え替えれば……！」

「仮にうまくできても、その赤ん坊が育ってヒリが動けるようになるのは十何年後だろう!?」

咄嗟にぼくが叫ぶと、ケティチェネはぴたりと止まった。

ぼくは続けた。

「……だったら何日か待ってもいいだろ。またヒリが出てこられるように、俺も考える。俺がなにかしたんじゃないんだ。信じて」

ケティチェネはしばらく黙ったのち、短く告げた。

「長くは待ちません」

そして上がったのよりも速く、ぼくを部屋に戻した。

本当にそれこそ夢のようにあっと言う間の出来事だった。壊れた窓の鍵を拾い、ねじれた断面を触ってどうにかこれが現実だと認める。

ぼくはその場にへたり込んだ。

8

その日は学校だったけれど、ほとんど全部上の空で過ごした。それでいて時間が過ぎることが怖くて仕方なかった。ケティチェネの忍耐力がどれくらいかも分からないのに、できることがなんにも思いつかない。

逢空優梛からのメッセージに、またびくりとした。昨日のような浮ついた気持ちとは真逆だけど。

「新しい除霊法聞いたの。きゅー太郎、お坊さんと取っ組み合いとかしても社会的に大丈夫だと思う？　宗派なに？」

ぼくはこれだけを返信した。

「実は話したいことがあって、今日、帰りにうちに寄れる？」

外で会ってもいいんだけど、帰宅時間は逢空優梛のほうが結構遅くて待ち合わせが微妙だし、どんな話になるのかぼくにも分からないところがあったので、人目につかないほうがいいと思った。

「あら優梛ちゃん！　お母さんあなたの名前入れて遺言作ろうと思ってるんだけど、この家とか土地欲しい？　いらない？」

「あ、はい。じゃあえーと、この前いただいた煮豆のレシピください。生前贈与で」

なんかうちの母親のあしらい方が微妙に身に付きつつある逢空優梛を部屋にあげた。

そしてどこかの山奥の破戒僧が真に強敵と認めた者にだけ授けてくれるとかいう謎《なぞ》の秘術の話を始めた逢空優梛を遮って、ぼくは説明した。

ここ数日で知ったことをなるべく全部だ。多少省いたところはある——例えば、逢空優梛が寝ている間にいちゃついてたこととか（ごめん、と心の中では謝った）。それでもケティチェネがどんな人かは、なるべく印象そのままに話した。

「危険な子だと思う……多分、ヒリよりもずっと。だから」

逢空優梛のほうが危ない可能性はある、と思ったので話しておきたかったのだ。

彼女はもちろん、ショックなようだった。彼女の言う「悪霊」が取り憑《つ》いているのはぼくだけじゃないと聞いて。しかも金属製の鍵を簡単にねじ切り（これも見せた）、一瞬で空まで移動できるような力まで持っているのは逢空優梛のほうだ。

「そんな……そんなの」

逢空優梛は怯えた顔で、自分の頭を触った。その気持ちは分かる。一番安全だと思っていた脳の中に他人がいると聞かされるのは……

ぼくは続けた。

「俺たち協力しないと、ふたりに対抗できない。できれば逢空のほうでもケティチェネと話し合って欲しいんだ」

「できないよ。こわい」

彼女は半泣きで床から立ち上がった。

「だって……いやよ……そんなの……無理だよ。だって……遊星からの物体Xじゃん……駄目……わたし無理だってば……いやーっ！」

泣き叫んで、部屋を飛び出していった。

「逢空！」

ぼくは追いかけようとしたけれど——

階段を駆け下りて靴も履かずに逃げていった逢空優梛を、廊下で母親が見送っていた。

今の叫びを聞いていたらしい。茫然《ぼうぜん》としていたけれど、ぼくを見上げてすぐに地獄じみた形相に変わった。

「あんたなにしたの」

「え、いや」

「物体Xだとォォォ!?」

「説明難しいけど誤解ー!」

どうしようもなく部屋に逃げ帰る。

ドンドン叩《たた》かれる扉を押さえたまま椅子をかませて開かないようにする。心に傷を残しそうな母親の金切り声には耳をふさいで、スマホを探した。

逢空優梛の番号にコールする。何度かの呼び出し音の後、不通になった。電源を切られてしまったようだ。

「うわ、これはまずいな……」

良くない手だったたか。後悔しながらメッセージを送った。お願いだから落ち着いたら連絡してと。大丈夫、俺が君を守るから――

「………」

思い直して後半は削除した。そこまで伝える勇気はぼくになかった。

9

母親が沈静化するまでにまた時間がかかったけれど、誓っておかしなことはしてないと釈明して、不承不承ながらも納得してもらった。その頃にはもう0時を回っていて、ちょっと逢空優梛の家に行くには難しい時刻になっていた。それに、逢空優梛ではなくケティチェネになっているかもしれない。

朝になるまで無理やり眠ったけど、やっぱりヒリへの伝言には返事がなかった。ケティチェネも来なかったようだ。意気消沈したまま仕方なくまた学校に行った。

逢空優梛の反応もないままで、これがなによりキツかった。

でもその日の夜。

「会える?」

逢空優梛からの返事が来た。

もう日も暮れているけど、近所の公園で会えないかという誘いだった。

もちろんぼくはすぐに応じた。家を出て公園に走る。逢空優梛は先にいて、ベンチに座っていた。

制服ではなかったから一度家にもどってから来たのだろう。それはぼくもだ。ぼくは逢空優梛の前に行って、なにを言うべきか少し迷った。怖がらせてごめん、というのが真っ先に思い浮かんだけど、それを言う前に逢空優梛が口を開いた。

「座って聞いて」

と、隣を示す。

ぼくはうなずいて、彼女の横に腰を下ろした。

当然だけどケティチェネとは違う。当たり前の距離がある。それでもぼくはほっとした。

「わたしね」

逢空優梛は決然とこう言った。

「協力しようと思う」

「うん……」

ぼくは同意した。

「考えてたことがあるんだ。確かなことは分からないけどヒリが出てこなくなった。もしかしたら彼らを封じ込める方法があるのかもしれない」

ぼくもまた決意を込めて言ったのだけど。

「……え?」

まったく虚を突かれたように、逢空優梛が声をあげた。

「え?」

　ぼくも訊き返す。

　長いこと考えてから、もしかしてぼくは盛大に勘違いをしていたのかもと思い至った。

「協力ってさ、逢空……」

「ケティと話したの」

　彼女は持っていた鞄から、ノートを取り出した。何冊もある。

「話したって言っても、筆談なんだけど。きゅー太郎が言うみたいに伝言残したら、夜に目が覚めて。腕がね、勝手に動いて。このノートに、ただもうずっと……ヒリのことを、ケティが書いたの」

　ぐすっと鼻を鳴らして、逢空優梛はノートを開いた。どのページも細かい文字でびっしり埋められている。

「すごいのよ。書いても書いても言葉が終わらないの。朝までかかっても全然足りないの。わたし、泣いちゃった……何時間もまったく動けなくて普通にヤバかったのもあるけど」

　確かにすごい。てか重い。もっとも、ケティチェネの鬼気迫る様子を見たことがあるのでぼくは驚かなかった。

　それよりもざわついたのは、逢空優梛にだ。慎重に言葉を選んでぼくは訊ねた。

「協力って、なにを言ってるか分かってる？」

「それは……」

躊躇したけど、それでも逢空優梛は首を振った。

「だって可哀想《かわいそう》だよ。ふたりは逢いたいっていうだけなのに」

「俺もそうは思うけど」

「何百年も宇宙を旅して、願うのはそれだけなんだよ？」

「逆にさ、それだけしか考えない奴らでもあるんだ。そのためになにをするかも分からない。俺を殺そうともした」

「そのこと、反省してるって。ほら」

逢空優梛が見せてくれたページには確かにぼくを粉砕分解しようとしたのは間違いだったと書かれていた。ぼくの脳を掘り返そうとしたことより、頭蓋骨を爆破した場合にデリケートなヒリのチップを無傷で取り返す自信があまりないからというようにも読めたけど。

「だからね。ヒリをまた出してあげられれば、ケティも落ち着くと思うの」

「あのさ。それでふたりが俺らの身体でなにをするのか、本当に分かってる？」

思わずきつい言い方になってしまった。

逢空優梛も分かってなかったわけではないらしい。みるみる顔を赤くして、うつむいた。

「そりゃあ、別にいいとは言わないけど……」

皮肉といえば皮肉だ。

好ましいとは思わない逢空優梛が仕方ないと言い、むしろ正直嫌じゃないぼくが拒否している。

「でもさ、きゅー太郎。悪霊だったら成仏してってって思うけど、ヒリとケティは生きてるんだよ……？」

「…………」

それには反論できなかった。その通りだと思った。

「優しいな、逢空」

他に言いようがなく、ぼくは答えた。

「きゅー太郎も、わたしを心配してるんだね」

「うん……」

うなずく気持ちに嘘はないけれど、やっぱりやましさもある。同じ境遇の相手が逢空優梛で良かったと思わずにいられない。言えないけど。

宇宙でふたりきりのヒリとケティチェネと同じく、地球人で彼らとかかわったただふたりが逢空優梛とぼくだ。

そのことを、見交わした眼差《まなざ》しで味わった。それは救いだった。それに、逢空優梛の
おかげで考えが変わったこともだ。確かに無理やりヒリたちを消してしまおうなんて馬
鹿げた考えだったし、それよりも、みんなが幸せになったほうがいい。なにより彼女が
優しいことが嬉しかった。

馬鹿げたといえば……と思い出して、ぼくは逢空優梛に頼み込んだ。

「あ。帰る前にうちに寄って、母さんの誤解といてもらってもいいかな……」

彼女は笑って、いいよと言った。

10

その後、なにもしなかったわけじゃない。

ただぼくがあれこれ考えて眠り方を工夫したくらいではヒリは出てこなかった。

数日後、またケティチェネが部屋に入ってきた。なにも言わず、ただぼくがヒリでな
いことを確認すると帰っていった。この前みたいに雲の上までぶっ飛ばされることはな
かったけど、その時と同じくらい怖かった。

もし本当にヒリのチップが故障しているんだとしたら、そんなものを直せる人は地球
にはいない。そもそも信じてくれる人すらほとんどいないだろう。

なにかヒントはないかと思って、スマホに残っている例の論文を読んでみようともした……けど、やるまでもなく無理だった。一流の専門家が心を病むレベルの未知の理論を何千ページも、しかも英語で。目でなぞるのすら難しい。

と思ったけれど。

あれ？　読める……？

厳密にはちょっと違う。読んで理解できるわけじゃない。というより意味はさっぱりなのに、この文書を書いた覚えがなんとなくあるのだ。

「推測だけど……ヒリと俺の記憶が混線してるのかも」

「どうしてそのようなことが？」

また翌日に現れたケティチェネに、ぼくは話した。

「前に、俺が起きてる時に説明のためってヒリが身体を動かしたことがあるけど、そのせいなのかな。不具合が起こるかもって言ってたし。だから」

睨みつけてくる彼女に、改めて言う。

「君も、それはもうしないほうがいいと思う。出てこられなくなるかもしれない」

ケティチェネはしばらく不機嫌そうに顔をしかめていたけれど。

ふっと力を抜いて、ため息をついた。

「どうしてそれを？」

「え？」

「逆に誘導すれば、邪魔なわたくしを消せたかもしれないですのに」

「……逢空と決めたんだよ。君たちに協力する」

ぼくがそう言うと、ケティチェネは悲しげに笑った。

「お人好しですのね、勝手にあなたがたに住みついたんですのに……でも、もういいのです」

「どうして」

「もうわたくし、目覚めたいとも思わない。いつもの時間に目が覚めても、ヒリ様は今日もいない。でしたら消えてしまいたい」

心痛が激しすぎて自棄《やけ》になっている。

彼女は逢空優梛じゃない……のだけど、その顔は見ていたくない。ぼくは強く言い切った。

「話が早過ぎるよ。そう言って君が消えた次の日にヒリが起きるかも。安い悲劇みたいにさ、入れ違いになったら悲惨だよ」

「シェイクスピアは安くありませんでしょう」

……ん？

彼女の顔を見返しながら、ぼくは違和感に口ごもった。

「なんで……」

ぼくらの言語を喋《しゃべ》れてるんだから、自然と知ってるっていうだけかもしれない。ヒリは論文の送付先をちゃんと調べていた。いくらかは地球の情報も集めているのだ。

だからケティチェネが古典文学くらい知っていても不自然ではないとも言える。

でも、もしかしたら、ケティチェネが逢空優梛の記憶に混線し始めているのかもしれなかった。

まさか、逢空優梛のほうが出てこられなくなることだってあり得る……のか？

これまでとはまた別の不安と悪寒が身体を駆け抜けた。状況は想像を上回って切羽詰まっているのかもしれない。

「どうなさいました？」

小首を傾げるケティチェネに、ぼくはうめいた。

「いや……なんでもない」

伝えたからといってどうできるわけでもないし、そもそも本当にその恐れがあるのかも分からない。不安にさせてしまうだけだろう。ケティチェネの今の状態だと、本当に自暴自棄なことをしかねない。

これは明らかな手詰まりだった。装置の不具合にしろ仕様にしろ理解できるのはヒリだけなのに、そのヒリが出てこられない。

「不用心なんじゃないか、ヒリは」

ついで勢いで出た言葉に、ケティチェネが露骨に顔をしかめる。

「なにをおっしゃいました?」

「いやあの。でも、おかしい気がするんだ。こういう非常時にまったくなにも備えてないなんてあるのかな。これだけのことをできちゃうような技術者なのに」

この際だからと、ぼくはケティチェネを問いただした。

「なにか言われてない? こんな場合にどうすればいいか」

彼女は、しばらく考えた。

「そう言われましても。わたくし基本的に、ヒリ様のお言葉はほとんどすべて心地よい音楽としてしか認識しておりません」

「うわ。意外とさっきより怖い答え」

「だってヒリ様のお話、ことにお仕事については難しくて。わたくし初めてヒリ様の論文など目にした時は、一晩壁に体当たりを繰り返しましたわ。同僚の方々もそうしておられました」

「あ、なんだ……地球のレベルが低いわけでもなかったのか。ちょっとほっとした」

それはともかく。

なんていうのか、彼女、向こうではお姫様みたいなものだったんだろうか。身分の差のようなことを言っていたし。力はものすごくあるんだろうけどあまり役に立たない。

「でも」

と、ケティチェネはようやく心当たりを見つけてくれた。

「わたくしたちの船に非常時の手引きがあるやもしれません」

「船？　宇宙船？」

そういえば、そんな話をしていたっけ。

「それどこかに隠してあるの？」

「はい」

「どこに。どっかの基地？　あ、衛星軌道とか？」

そんな宇宙船なんかを地上のどこかに隠せるとも思えなかった。そもそも見つからずにどうやって降りてきたのか。

「ええと……」

彼女はすっと前に出ると、ぼくの前を横切って、ベッドのほうに向かった。

そこで屈《かが》んで、頭からベッドの下に入っていく。

しばらくごそごそやってから……

「ああ、もう。埃《ほこり》が。光太郎さん、お掃除係は雇っておりませんの？」

文句を言いながらのろのろ出てきた。

その手に、真っ黒で四角いものを持っている。大きさは弁当箱くらいだろうか。ぼくには見覚えがなかった。いつからそこにあったのかも分からない。

「これですわ」

「あ……宇宙船との通信機かなにか?」

「いえ、これです」

ケティチェネは念入りに繰り返した。装置の表面から、嫌そうに埃を払いながら。

少し間をおいてから、ぼくは理解した。

「え、これが宇宙船なの?」

まじまじとぼくはそれを見直した。

形状は、なんの凹凸もない黒い板だ。ぼくが想像する宇宙船っぽいもの――噴射ノズルとか窓とか、その手のものはなんにもない。まあ、逆にSFっぽいといえばSFっぽい。

ケティチェネから受け取って、ぼくは何度も裏返しながら観察した。何回か引っくり返すとどっちが表だったかも見分けがつかなくなった。

「……でも、そうか。小さいチップ二枚乗せて飛んできただけなんだっけ」

「去年ふたりで目覚めた時に回収しました。それまでは病院の物置に置いてあったのですが」

「それ、捨てられちゃったらどうする気だったの」

呆れながらぼくは言ったけど、ケティチェネはあまり気にしていなかったようだった。

「この星に存在する手段では破壊できません。ですので、惑星外に投棄されなければ必ず回収はできます」

「そんな不思議な物体なら国とかが保管しちゃったかもしれないよ」

「そうされても、どうせもう動かせませんから。起動させるのも星の爆発を利用したほどです。四百年の旅のほとんどは、それを加速するのに要した年月です。超光速移動はあっと言う間ですけれど、エネルギーはすべて使い切りました」

「じゃあこれは、なんにも使えないの?」

「と思っておりましたが。でも光太郎さんがおっしゃられるように、ヒリ様が緊急事態の回復策をなにか用意しておられたかも」

「どう使えばいい?」

「船の頭脳がまだ生きているとしたら、わたくしたちのチップはアクセスできますわ。でも、パスコードはヒリ様しか……」

「じゃあ手詰まりは変わらないのか」

失望を感じつつ、船……というのか板というのか。それを見やる。

見ているうちに。

「……あれ？」

なにかを覚えている気がした。

そもそもここに船があったことも知っていた気がする。ケティチェネに言われなくてもきっとそのうち思い出して手に取っていたのだろう。

記憶の混線だ。ぼくは逆らわずに思い浮かんだままを口にした。

「銀の姫。永遠の約束。キミのために」

その途端、ぼくは身体が軽くなったと思った。

でも実際には落下していた。床に倒れたのだ。

11

本来は静かな場所だったはずだ。

と、ぼくは思った。

壁も天井も床も染みひとつない白一色で、全部がなだらかな曲線で出来ている。継ぎ目というかどうパーツ分けしたらいいのかすら分からないので、自然の洞窟みたいでもあるけど、はっきりとそれは人工建造物の内部だった。

広い。この建物自体が途方もなく大きいんだろう。誇張じゃなくビルがすっぽり入るくらいのスペースがある。でも窓はない。外の様子も分からない。ただなにか……通路の遥《はる》か先からなんだろうか、うねるような音が響いてきている。

おおおおおん……というような。

何度かそれを聞いて、分かった。悲鳴と嘆きの声だ。

この建物の外はきっと、絶望した人々でいっぱいなんだろう。それもちょっと想像できるような人数じゃない。星中すべてが大き過ぎる嘆きで埋め尽くされてしまうくらいに。

だだっ広いその屋内に、ちょっと不釣り合いな設備が並んだ場所がある。ぼくのすぐ目の前だ。半透明のカプセルのようなものが並んで、中央にはテーブルがある。そのテーブルにもなんだか複雑なコードみたいなのがたくさんつないであるから、ただの台ではないんだろう。

そのテーブルに見覚えあるものが置いてあった。漆黒の四角い板。ヒリたちの船だ。

船を睨んで、吐き捨てるように叫ぶ人がいる。

「ボクの計画なら、あと何百人かは助けられるのに」

若い男だった。若いというか……ぼくと同じくらいの歳《とし》だろうか。見た目にはそれほどの特徴もない。白衣のようなものを着ていて、医者みたいに見える。

あとになって思うと、これは単にぼくの理解力の限界で、もっとわけの分からない格好をしていたのかもしれない。でもとりあえず今見られるのは、そんな姿だった。そしてぼくは教えられたかのように理解した。これはヒリだ。生前の……ヒリ。

テーブルの前で力なく拳を握って、うめいている。

「この宇宙のどこかにはボクらと同等以上の能力を持った人類がいるはずだ。彼らの脳を少し借りるんだ。船にはまだチップを積める空きスペースが——」

「この宇宙のどこか、その旅にはどれだけかかる？　探すだけでも気が遠くなる」

もうひとり人物がいた。

こっちは完全に誰か分からない。兵隊っぽい格好をしている。

彼はヒリを同情的に見やって、かぶりを振った。

「志願者はいなかった。仕方ないだろう。身体を捨てて、拷問のような永遠の時間、宇宙を彷徨《さまよ》うなんて」

「永遠の約束なんだ」

ヒリがその言葉を噛みしめるように言うと、もうひとりはもう一度首を振った。

「君と、銀の姫にとってはな。俺は無理だ。恐ろしいよ」

と、カプセルのひとつを見やる。

半透明のカプセルの中に、女性がひとり浮いている。中に液体が満たされていた。綺麗な人だ。気品っていうのか、特別な人だと感じられる。言うまでもないか。ヒリもカプセルの人を見つめた。ケティチェネだ。

「耐えてみせる」

「幸運を祈るよ」

兵士はそう言って、その場を立ち去ろうとした。ヒリが呼び止める。

「どこへ行くんだ」

彼は止まらなかった。そのまま外へ——なんだろうけど——歩いていく。

「エガンボイドの最期を看取《みと》る。星もひとりぼっちじゃ可哀想だ」

その姿が遠ざかると、彼は忽然《こつぜん》と消えた。なにもない場所に見えて、移動システムは徒歩じゃないらしい。まあ関係ないけど。

ひとり残されてヒリは、カプセルに向き直った。

表面に触れて、額を押し付ける。小さいつぶやきだけどぼくにははっきり聞き取れた。

「ケティ。ボクらはようやく解放される。とうに寿命の尽きたこの星を維持するだけの役目から。力の及ばなかったボクらへのご褒美なのか、それとも罰なのか……」

顔を離して、彼はたっぷりと愛《いと》おしげに彼女を見やった。

「ボクはキミとともに生きる、ただそれだけのために宇宙を渡ろう。ふたりだけの時を生きよう。ただし……許されたなら」

ぼくはそれを見守るしかなかった。というより夢を見ているようなもので、自分の身体がそこにあるのかどうかも分からずにいた。

はたと気づく。ヒリがこっちを向いた。その途端にぼくは、自分の身体を自覚した。

ぼくもそこに現れたのだ。ぼくとして。

ヒリは微笑んだ。

「これはただの記憶だ。特に意味はない。ボクも、この当時の記憶と思考を再生しているだけで、本物のボクじゃない」

「本物のヒリは……？」

質問に、ヒリはぼくを指さした。

「キミの中で眠っているはずだ。キミがここに来たということはね」

「チップっていうのが故障かなにかして――」

「いや、そうならここにアクセスできない。違うと思うよ」

あっさりと否定する。

それで分かった。ヒリは非常時に備えていたんじゃない。予定通りなんだと。

ぼくは訊ねた。

「許されたらっていうのは？」

「数百年の航海中、ボクらは肉体もなく、休眠もできない。正気を失う危険性がある。これは安全装置というか、保険なんだ」

説明しながらヒリは今度はテーブルの上を指し示した。彼の作った船だ。今はぼくの部屋にある宇宙船。この当時は、何百光年も遠くにあったんだろう。

ヒリは続けた。

「バレずに済むならいいけど、水準以上の知性体の身体を借りる以上、いずれそうもいかないだろう。キミがボクの存在を認識することがトリガーで、やがてボクは出現できなくなる。もしキミがボクを……救ってくれようとするなら、きっと船にアクセスすることを考え付くだろうと」

少し間を置いたのは、ぼくが理解しているかを確かめるためだろう。

彼はゆっくりと、一番大事なことを口にした。

「キミはここで決められる。今のままボクを眠らせておくか、回復させるか」

ぼくはまだなにも言えなかった。一気に重いものを委ねられて。

ヒリは急《せ》かさなかった。静かに語り続ける。

「ボクらは後悔しないけど、キミたちには拒否できるチャンスがないといけないと考えた。ボクが気を変えたりしないように、この仕組みの記憶はチップには残していない」

「これって逢空とケティにも同じことが?」

「そうだね。というより彼女のほうも同意してくれないうちはボクも回復しない。ふたりともでなければボクらは消えたほうがいい。できればキミはネタばらしせずに誤魔化

してお いて欲しいけど」

「でもケティはこれ以上待たされると本当にブチギレるかも」

「ケティには、数日以内にボクがもどるとだけ伝えてくれればいいよ」

淡々とした、本当に医者みたいな口調だった。さっきまでの、魂まで捧《ささ》げるような言葉を聞いた後だと余計に。

きっと、ぼくの決断を尊重するということなんだろうと思った。どっちに決めても恨みはしないと。

「なんだか立派過ぎるな」

嘆息まじりにぼくが言うと、ヒリはにやりとした。

「どうかなあ。多少、同情を誘う効果も狙ってはいるし」

あたりを示す。星の最期のひとときを。

ぼくはうなずいた。

「答えはもう出してたんだ。だから……一緒にいよう、俺たち」

「ありがとう。本当に」

「でもその代わりってわけじゃないけど、ひとつだけ訊いてもいいかな」

ん？　と声をあげるヒリに、ぼくは愚痴を言った。

「ちょっと自信がなくなっちゃったよ。もともと感じてたけど、こんなもの見せられたら余計に。宇宙だとか破滅だとか……永遠の約束だとかさ。壮大だ。俺にはそんなのないじゃないか。誰かを好きになったとしてもさ。どうすればいいんだよ」

「キミの星には破滅はないの？」

「……多分。まあ、今のところは」

うん。まあ、多分、ない。とは思う。

するとヒリは笑い出した。

「じゃあそのほうがいいじゃないか。未来がある。ボクらにはないものだ。運命や永遠よりもずっといいものだよ」

「でも後押しがないだろ。ちょっとしたことで嫌いにもなるだろうし、そもそも好きだって言ったたって、駄目かも」

「傷ついてみるだけの価値はあるよ。逢空優梛なんてそうでもないとキミが思うなら話は別だけど」

「………」

ぼくはヒリを睨みつけた。

とぼけた顔をしたヒリを。

そして彼はあたりの景色と一緒に、ぼんやりと消えていった。

意識がもどると、そこはぼくの部屋だった。

天井を見上げて床に倒れていた。身体を揺さぶられている。ケティチェネ……と思ったけど、違う。逢空優梛だ。

「きゅー太郎……きゅー太郎！　起きて！」

咄嗟に時間を見た。まだ○時過ぎ。ケティチェネが来て、この船の話をして、倒れてから……五分も経っていない。

逢空優梛にしてもいきなり自分にもどったんだろうけど、急にぼくの部屋にいるってことも気にせずに、すっかり夢中になっているようだった。

「ねえ、あのね。夢を見たの。すごいの。ケティがいて……ケティを見たの！　ヒリも」

彼女も同じものを体験したんだろうか。多分そうだ。一緒にいたから、装置が同時に発動したってことか。

「前の星にいた頃のケティに言われて……わたしが決めてって。それで」

「逢空」

ぼくは、逢空優梛の揺さぶる手を取った。

「な、なに？」

逢空優梛が目を丸くする。

それを見返して、ぼくは言った。

「逢空……言いたいことあるんだ」

「今？」

と、彼女はあたりを見回した。

急に気づいたようだった。ここはぼくの部屋だし、真夜中だし、寝間着だし、どうやって帰ろうかとか、現実的なことを。

でもぼくは、そういうことは忘れた。

「今じゃなくちゃ多分無理だ」

「う、うん」

「俺……」

12

夜中に目が覚めると、ぼくは屋根の上にいた。

でも、もう驚きはしなかった。

敷物の上で、ただ毒づいた。

「あいつ、ここでもどりやがった。どうすんだよ屋根の上で……」

ふふっという可愛い笑い声がそれに答える。

逢空優梛だ。ケティチェネじゃない。彼女も同じくここでもどってしまったらしい。

ぼくのすぐ横で、逢空優梛はこう言った。

「わたしがケティに頼んだの」

「え」

彼女はぐいっとぼくの腕を引き寄せた。

「あんまり自慢するんだもの。ふたりで星を見るのを」

と、肩にもたれて空を見上げた。

ぼくらふたり、いやふたりじゃないかもしれないけど、しばらく黙ってそうしていた。

しずるさんとうろこ雲

上遠野浩平

原因不明の難病で病室にこもりきりのしずるさんは、好奇心旺盛なよーちゃんが持ち込む難題を病床にいながら解明していく。しかし、今日の謎を解くのは骨が折れそうだ……。よーちゃんの持ってきた「恋」の謎の正体とは？　名作ミステリ「しずるさん」シリーズの一本。

上遠野浩平（かどのこうへい）

第4回電撃ゲーム小説大賞を受賞、電撃文庫から『ブギーポップは笑わない』でデビュー。同作はライトノベルの潮流を変え、後続の作家にも多大な影響を与えた。「事件」シリーズ、「ナイトウォッチ」三部作など著作多数。Jブックスからは「JOJO」シリーズのノベライズ『恥知らずのパープルヘイズ』を刊行、大ヒットとなる。

"Scales Cloud"

恋とはどんなものかしら
知ってるひとは教えてよ
僕の心の中にはあるの？

——〈フィガロの結婚〉より

その坂道を上っていくとき、私はいつも不思議な気持ちになっている。楽しいような、不安なような、ちょっぴり怖いような、でもやっぱり心弾むような、なんとも言いにくい感覚の中、足取りはいつだって軽い。

そこは街から少し離れた郊外にある場所で、山の中といえばそうなのだけれど、綺麗《きれい》に舗装された道が上へと伸びていて、民家や商業施設なんかほとんどないのにきちんと周辺は整備されていて、でも他の通行人と行き会ったことがほとんどない、どこか夢の中の場所のような坂道だった。

その先には、一つの建物がある。真っ白くて、真四角で、なんだか建築物というよりも、ぼんやりした塊というか、なんだったらお豆腐のような印象のあるそれは、病院で、そしてそこには……

（ん――？）

見上げた私は、空一面に雲が広がっていることに気づいた。ゆったりと流れる雲ではなく、細かい粒のような形がたくさん並んでいる、あまり見かけない雲だった。

（――――）

私がぼんやりと、歩道の途中で立ち止まっていると、

「どうしたね、よーちゃん。なにか落とし物でもしたのかい？」

と、病院の門にいる警備員の人が声をかけてきた。

「あ、い――いえ。なんかすごい空で」

私はそう返事した。私はもうこの病院では見舞客としてはすっかり常連で、みんなと顔なじみになってしまっている。

「ああ、うろこ雲だね。珍しいね。地震が起きなきゃいいけどね」

「え？」

「いや、天変地異の前触れだって話があるんだよ、あの雲には。まあ適当な与太話だろ

うけどね」

警備員さんはそう言って笑った。私も愛想笑いで応じる。

そして顔パス同然で門をくぐり、受付でも「あらよーちゃん」と笑顔で迎えられて、特になにか書類に記入とかもなく、そのまま奥に通される。

（変わっているよね——）

この病院に来るたびに、私はそう思う。そもそも私は、他の入院患者とか、見舞客とかにも一度も会ったことがない。ただ目的の場所に行くだけで、他のところがどんな風になっているのかも知らない。エレベーターで目的の階に直行して、白くて静かな廊下を歩いていく。日によっては先に医師の先生のところに行ったりもするが、今日はそういう必要はない。

その部屋の前に立つとき、私はいつも新鮮な気持ちになる。最初に扉をノックしたときと変わらない、足下がふわふわと浮いているような、奇妙で揺れていて、でもなんだか不思議と落ち着いているような、そんな気分になる。

ノックして、きっかり三秒後に、いつもと変わらない声がする。

「どうぞ」

ドアを開けたときには、もう視線が合っている。私の足下も、床にしっかりと着地する。

「こんにちは、しずるさん」

「いらっしゃい、よーちゃん」

ベッドの上で、彼女は穏やかに微笑《ほほえ》んでいる。その笑顔を見ると、私は心の底からほっとする。

「さっき、門のところで立ち止まっていたけれど、なにかあったの？」

「ああ、別になんでもないよ。雲が面白い形になっていたでしょ。見上げていたら、警備員さんに声かけられて――」

と言っている途中で、私は気づいた。この病室の窓から見える角度では、あの雲は見えない。風向きからして、見える位置を流れていった訳でもない。彼女にはあの雲は見えなかったのだ。

（――）

私が一瞬だけ言いよどんだのを、しずるさんは当然、見逃さずに、

「よーちゃんは、ほんとうに頭がいいわねえ」

と唐突に言う。

「あなたが何を見てきたのか、私はその話を聞くのが好きなのよ。私がその雲を見られたかどうかなんて、そんなことを気にしなくてもいいの」

その優しい口調に、私は少し胸が苦しくなる。

彼女は――私と知り合ったときからずっと、この病院に入院していて、外には出られない。先生から聞いた話だと、外出したいと願い出たこともないそうだ。私にも言わないし、出たいという意思を匂わせたことすらない。でも私からそのことを切り出すことは、なんだか駄目な気がして、何も聞けずに終わってしまう。

今も――

「う、うん……」

「どんな雲だったの？」

「え、えと……なんか細かい粒みたいなのが並んでいて。警備員さんはうろこ雲って言っていたけど」

「ああ、巻積雲《けんせきうん》ね。あれって水の結晶じゃなくて、氷の結晶が集まっているのよ。雲としては小さめで、しかも薄めだから、光が透けてうろこみたいにばらばらに見えるのよ」

しずるさんの口からは相変わらず、すらすらと知識が流れ出てくる。

「ああ、確かにモクモクって感じじゃなくて、薄かったわ」

「うろこ雲ができるってことは、空の上と下で温度差があって、急に冷やされてるってことだから、天気が変わる可能性があるわ。明日は雨かもね」

「そうなんだ。今日来られて良かったかな」

と言って、私はすぐに、

「ああ、でも雨の日に傘を差してくるのも悪くないね。うん、どっちでもいいね、やっぱり」

ひとりでうんうん、とうなずきながら言うと、しずるさんはくすくすと笑って、

「よーちゃんは優しいけど、でもときどき空回りしてるわね。でもそういうところがあなたの魅力だわ」

そう言ってウインクしてきた。私は少し唇をとがらせて、

「もう、それって私が馬鹿ってことでしょ。そりゃあしずるさんに比べたら、誰だって間抜けに見えるわよ」

「いや、それは逆よ。よーちゃん」

しずるさんはふいに、真顔に戻って言う。

「あなたは、私が自分でも気がつけないことを色々と先回りして、たくさん教えてくれているのだけど、残念ながら私の鈍い感性ではそれらをすべて受け止められないのよ。馬鹿はあなたじゃなくて、私の方。それでもずっと私に辛抱強くつきあってくれるのだから、あなたが間抜けなんて、とんでもない間違いだわ。間が抜けているのは私」

彼女はまっすぐに私を見つめながら、迷いなくそう断言する。

「………」

私はとっさに言い返せずに、ちょっと口ごもってしまう。すると彼女はまた微笑んで、

「よーちゃんは、甘いのよ。私を甘やかしてるの。そして私はそれにつけ込んでいるのよ。そういう意味じゃ、私はずるがしこいとは言えるけれどね」

といたずらっぽく言った。私もつられて、

「そうかな、甘いかな？」

「ええ、とっても」

私たちは見つめ合って、そしてけらけらと声を出して笑った。

この彼女——しずるさんがどういうひとなのか、私にはとてもうまく説明できる気がしないし、正しく完璧に、彼女のことを理解できるなんて、そんなことはとても不可能だけど、でも彼女のことを一言で説明しろ、と言われれば、実に簡単な言葉がある。

しずるさんは名探偵である。

彼女にふさわしい呼び方は、今のところ他にはない。病院の人たちは彼女のことを〝お姫様〟とか呼んだりすることがあるけれど、私にはこの呼び方はしっくりこない。私はときどき、彼女に向かって世間で話題になっている未解決事件の話をする。すると彼女はベッドの上から一歩も動かずに、純粋に推理だけでその謎を解いてしまう。私からしたら、彼女は神様みたいに賢明なのだが、しかし彼女はそのことを一切誇示しない。それどころか今みたいに、私の方が頭がいいとか言い出す始末だ。

でもそういう風にからかわれるのが、なんともくすぐったくて、心地よいのも確かで、私は彼女といつまでも話をしていたいって思ってしまうのだ。

「でもよーちゃん、別にうろこ雲をはじめて見たって訳でもないのでしょう？　どうして今日に限って、空を見上げて、足を止める気になったのかしら？」

「いや別に、そんな深い考えとか、気持ちがあった訳じゃなくて、なんとなくだけど」

「そうかしら？　ぼんやりと何か、心に引っかかっていることがあるんじゃないの。そして、それは私と話すようなことではない、と思っている、とか」

しずるさんは淡々と言う。言われて、私は少し落ち着かない気持ちになる。

その通りだったからだ。

またしても、私はしずるさんにあっさりと心の中を見抜かれてしまった。でも——それは不快な動揺ではなかった。

「うーん、そうなんだけど、でもこれって、いつもみたいな事件でもなければ、答えがそもそもあるのか、わかんないようなことで」

素直にそう言ってみると、しずるさんはにこやかに微笑んで、

「誰かに、恋の相談でもされたのかしら」

と、いきなり切り出したので、さすがに私も驚いた。

「ど——どうしてわかるの？」

声を上げてしまう。するとしずるさんは、

「いや、適当に言ってみただけ。当たっちゃったの？　それは驚きね。まぐれってあるのね」

と笑顔で言う。本心なのか、それともふざけているのか、もうその区別をつける意味すら、私にはなくなっていて、

「……実はそうなの。昨日、法事があって、親戚の人たちで集まったんだけど、そこでいとこのお姉さんに奇妙な話を聞かされて……」

*

三年ぶりぐらいに見た従姉《いとこ》は、ずいぶんと印象が変わっていた。子供の頃、一緒に遊んでいた頃の面影はなくて、ずいぶんと大人っぽくなっていた。

周囲の大人たちとも対等に話していて、なんだったら向こうの方が頭を下げてきて、彼女はそれにうんうんとうなずいたりしている。ときどき〝代表〟とか呼ばれたりもしていて、大学生のはずなのに、もう仕事もしているらしい。

彼女の実家は、それほどお金持ちというわけではないけれど、色々と手広く社会活動をしているそうで、彼女もそれを手伝っているというけれど、それにしても堂々として

いる。私はかなり気後れしてしまって、陰からこそこそと見ているだけだった。

でも斎場のすみっこでお茶を飲んでいるときに、彼女の方からやってきて、声をかけてきた。

「よーちゃん、ひさしぶりね！」

彼女の嬉《うれ》しそうな笑顔は、昔と変わらなかった。私はちょっとほっとしたけど、

「ど、どうも……ええと」

「あはは、昔と同じ、ナオっちって呼んでよ。あなたにまで変に緊張されると、こっちが困るわ」

彼女の屈託のない口調で、やっと私も昔の感じを思い出す。

「うーん、そっか。でもナオっち、やっぱりすっごく立派に見えるよ」

「やめてよ。中身は昔と同じよ。あなたの前では、しょっちゅう泣いてた暗い女の子のまんまよ。周りの態度はずいぶんと変わっちゃったけれどね――」

「そうみたいね。大変ね」

「ありがとう。やっぱり慰めてくれるのね、よーちゃんは。優しいね」

「そんな大げさな――」

「ううん。大げさじゃないわ。私、身近な友達っていないし。気楽に話せるのって、あなたぐらいよ」

彼女は平然とした顔で、かなりシリアスなことを言う。こういうところは確かに、昔と変わらない。でもちょっとだけ、前よりは柔らかくなっている気もする。

（ていうか――そう、自信がある、って感じかな。余裕があるっていうか）

私がそんな風に思っている間も、彼女は楽しそうにあれこれと話しかけてくる。話し相手に飢えているっていうのは本当らしい。うんうん、とか調子を合わせて相づちを打っていたら、彼女は、

「そうだ、よーちゃん――あなたならわかるかなあ。最近、どうにも気になっていることがあるんだけど」

「え？　私、難しいことはわかんないよ？」

「ああ、いや――私がまだ、あなたぐらいの歳《とし》だった頃のことよ。今になって、妙に引っかかってくる、っていうか」

「どんな話？」

「いや、だから私にはろくに友達っていないんだけど、そんな中で、高校生の時にクラスメートに急に言われたのよね――〝あなたはひどいよ。ずるいよ。何にもしていないのに、自分ばっかり。もうあの人に思わせぶりな態度はやめて〟――って」

「うわ……」

「意味がわからなくて。誰のことを言っているのかさえ、わからなくて。でも質問しよ

うにも、その子はもう私と話すらしなくなって。他の人にも相談できなかったし」

「うーん……」

「それで、一年ぐらいずっと困惑してたの。その子が誰かとつきあっているのか、さりげなく観察したりして。でも駄目だった。誰のことを言ってるのかすらわからなかった。そもそも私自身が、高校の頃は男の子とほとんど話してなかったし」

「えーと……それで？」

「それっきりなのよ、これが。その後、何にもなかったの。彼女が好きだったらしい男の子が誰かも不明だし、彼女が何考えていたのか、真意も謎のまま。いったいあれって何だったんだろう、って最近気になって仕方ないのよね……どう思う？」

「いや……私、そういうことに本当に鈍くて、正直、なんにも言えることないよ」

「よーちゃんは、友達にそういうことされたことないでしょうけど、でも恋の相談ならされたことあるんじゃない？」

「まあ、それは……ないこともないけど。でも私、そういうときは〝きっと大丈夫だよ〟ぐらいしか言えないし」

「ああ、その助言はこの場合には意味ないよねえ。困ったなあ」

「あんまり深刻に考えることないんじゃないかなあ。だってナオっちはもう、その友達と会うこともないんでしょ」

「いや、どうしようかな、って悩んでいるの。連絡してみようかな、って」

「え？　いや……それはどうかなあ。やめといた方が」

「彼女、いったいどういうつもりだったのか。勘違いしてたのか、それとも単に嘘《うそ》をついて、私に嫌がらせしてただけだったのか……どう思う？」

「うーん……」

「よーちゃんは、困ったときってどうしてる？　相談できる友達に話を聞いてもらったりするの？」

「え？」

言われて、私は少し絶句してしまった。相談というのは違うけど、私がまず、話をする相手として考えるのは、もちろんしずるさんだ。でもこんな話、彼女にしたってどうしようもないだろう。

「よーちゃんが信頼する友達って、きっと頭がいい人なんでしょう。良かったらその人に、どう思うか訊《き》いてもらえないかな？」

「えー……」

「ほら、私って今、変に立場ができちゃっているでしょう。こういう話ができるのって、あなたぐらいしかいないの。他の人の反応を見たいのよ。噂話《うわさばなし》をするつもりで、友達にこの話をどう解釈するか、質問してみてくれない？」

「……うーん……」

＊

「――で、よーちゃんは私から意見を聞いて、その人に教えるつもりなの？」

話を聞き終わったしずるさんは、微笑みながら私に訊き返してきた。

「いや、それが……」

私は言いよどんだ。そうなのだ。それが問題なのだ。しずるさんは適当でいい加減なお為ごかしなんか、絶対に言わない。彼女が真実だと確信していることをずばりと的確に指摘する。それは時折、とても残酷な面を持つ。

〝この世にあるのは誤魔化しだけ〟

というのがしずるさんの口癖で、その鋭さに私は限りない憧れと好感を持っているけれど、他の人にとっては必ずしもそうではないだろう。彼女に暴かれる欺瞞《ぎまん》の方からしたら、しずるさんは冷徹な断罪者でしかない。

「私が、とっても冷たいことを言ったら、その従姉さんはすごく傷つくかも知れないしね、どうしたものかしら？」

にこにこしながら、しずるさんは私の思っていることを完全にトレースしてしまう。

私はため息をついて、

「そうなのよ……いや、だから私が適当に、他のクラスメートに話をして、そこで出た意見をナオっちに言おうって思っていたんだけど……」

「もう訊いてるの、それ」

「いや……だって」

「まず最初に相談相手として頭に浮かんだのが、私だったから、その反応を確認しないうちに、他人に話すわけにはいかない、って？」

もう、なんでもお見通しすぎて、私はうなずくしかない。するとしずるさんは、

「うれしいわ、よーちゃん。私のことを一番に思ってくれて」

そう言いながら、私の手をそっと握ってきた。私は少しどきりとしつつ、その手を両手で優しく握り返した。彼女の手はいつも柔らかくて、強く力を入れると壊れてしまいそうだ。

「でも、どうしようかな、ってほんとに迷っているの。このまま連絡しない方がいいかもな、とか。今、ナオっちも忙しいみたいだし、そのうちこの話も忘れるんじゃないかな、って」

「あら、それは駄目よ」

「え？　どうして？」

「そんなことになったら、よーちゃんが無駄な負担を背負うことになるでしょう。そんなことは認められないわ。これがどんな話であれ、よーちゃんだけに責任を持たせることなんて、絶対に許されないわ」

しずるさんはきっぱりと断言する。彼女がこうなったら、もはや梃子《てこ》でも動かせない。

「……でも、正直言って、これってかなりどうでもいい話じゃないかな?」

「よーちゃんはどう思っているの?」

「うーん、あいまいなまんまの方がいいと思うんだけど。これが本当だったかどうか、はっきりさせても誰も得しないっていうか」

「時間が解決しているはずだから、蒸し返すなってことね」

「よくないかな、こういう考え方」

「ううん、よーちゃんはよーちゃんの経験に基づいて、そう判断しているのだから」

しずるさんがうなずいてくれたので、私も言いやすくなってきて、さらに言葉を重ねる。

「あと、ナオっちが偉くなっているからね……きっと昔と位置が逆転していると思うの。狭い学校で同じクラスだったときと、広い外の世界に出ている今とでは全然力関係が変わっているはずで」

「ああ、無理矢理に弱い立場の相手に謝らせても、遺恨が残るだけっていうのね」

「たぶん、ナオっちは本当に腑《ふ》に落ちないことを解決したいだけなんだろうけど、相手はそうは思わないでしょ？」

「何年も前のことをしつこく恨みに思っていて、復讐《ふくしゅう》しに来たって怯《おび》えてしまうかも知れないでしょうね」

「そうなの、それが心配なの。それって結局、ナオっちが無駄に敵を増やすだけでしょ」

「でも、その人は多少敵が増えても大したことないぐらいに思うかもよ。それよりも不安定な状況を改良する方が重要って思っているんじゃないの？」

「あー……まあ……かもね」

　私はすっかり大人びたナオっちの表情を改めて思い出す。確かに今の彼女だったら、それぐらいの強さを持っていそうではある。

「だからよーちゃんがそんな心配をしてあげなくてもいいのよ。あなたは優しいから、つい人を尊重してしまうけれど、他のみんなには、あなたほどの配慮はできないのだから。今回はそういう気遣いは無用。ただ素直に、私たちの見解を彼女に伝えればいいだけ」

　しずるさんは淡々と言い切る。私は反論する気がなくなっている。言いくるめられた形なんだけど、でもそこにトゲは一切ない。毛布で保護されているような感じだった。

「うん……」

「よーちゃんは、この話はそもそも嘘だと思う？」

「いや、なんとも言えないんじゃないかな。実際にそういう男の子がいて、ナオっちのことが好きだったりしても、そんなにおかしくないし。で、その頃のナオっちは引っ込み思案だったから、その視線に気づかなかった可能性もあるし」

「じゃあ、本当だったと仮定してみましょう。そこから何が出てくるか」

「そうねえ……ひとつ言えることは、ナオっちが全然わからなかった、って言っているくらいだから、その男の子って何もしなかったってことね」

「でも、文句をつけてきた女の子にはそれが伝わっていたのはどうしてかしらね」

「いや、なんか勘で、とかじゃない？　やっぱり好きな相手のことはよくわかる、とか……いや、そうか」

私はここで、もう一つの可能性に気がついた。

「その女の子の、勝手な思い込みってのもある訳ね？　嘘をついているつもりが本人にはないけど、でも真実ではないってパターンもあるのね」

「その男の子も実在するし、でも彼はナオっちに恋していないから、彼女に感じられなくても無理はない。でも彼は、その女の子の好意にも気がついていないか、意に介していない」

「あー……あり得るわあ……でも、だとしたらそういう人に話を蒸し返すのは、ますます危ない感じね」

「彼女が彼に振られていて、それを隠していた上でナオっちに迫ってきていたとしたら、かなり病的ではあるわね」

「やっぱり会わせない方がいいのかな」

「いや、これは可能性のひとつだから。まだまだ結論を出すのは早いわ」

しずるさんの指摘に、私はうなずく。

「そ、それもそうね。他にはどんな見方があるかな」

「え？　どういうこと？」

「ナオっちがわからなかった、と言っているのが間違いというのもあるわ」

「だから、その彼はきちんと彼女に意思表示をしていたけれど、彼女の方がそれを無視したか、本気に取らなかったかして、そのことを忘れてしまった場合よ」

「そ、そんなことあるのかな」

私の疑問に、しずるさんは静かに、

「ナオっち、美人さんでしょう？」

「う、うん」

「そういう人って、無意識のうちに色んな人を振っているのよ。自分の行動を自覚していないことがあるの。他人から興味を向けられることに慣れすぎていて、それに対して反射的な忌避反応をしてしまうことがあるのよ。言い寄ってくる男どもをいちいち覚えていられない、ってね」

「そ、それは……どうかな。今はさておき、昔のナオっちってかなりおとなしい子だったよ？」

「別におとなしい子に男の子が言い寄らないってことはないでしょ。むしろ逆で、言いなりにできそうって狙われていたかもよ」

「うーん……」

「よーちゃんも気をつけてね、その辺」

「え？　私？　なんで？」

「よーちゃんは自分がものすごく可愛《かわい》いことを今ひとつ自覚していないから」

「い、いや何言ってんのよ。ふざけないでよもう」

私は褒められているのか、からかわれているのか定かでなかったのに、無駄に顔を赤らめてしまった。でもしずるさんはなんだか、妙に深刻な顔をして、不安そうな目で私を見つめてくる。私は困ってしまって、

「も、もういいよそれは。とにかく、ナオっちが無神経である可能性も捨てきれないってことでしょ？　うん、それもあり得るね。で——他には？」

「…………」

「ほ、ほらほら。まだまだ全然考えがまとまっていないよ？　ね、話を進めようよ。そうだ。一人ずつ問題があるってことで話してきたから、じゃあ今度は男の子が悪いってことで。ええと、その場合はどういうことになるのかな」

「それは簡単ね。そいつがひどい奴《やつ》ってだけで」

「そうなの？」

「それはそうでしょ。女の子が告白してきて、別に好きな子がいるんだとか言って、全然関係のないナオっちの名前を出して、そしてそれっきりってことになるのだから」

「ああ——そうか。そりゃひどいよね、確かに。でもなんでそんなことするのかな？」

「女の子をもてあそぶのが好きな人間というのはいるものよ」

「そんなに割り切っちゃっていいのかな」

「いや、この場合はどうせそうするしかないのよ。もしかしたら背後に様々な状況があるのかも知れない。その男の子にもやむにやまれぬ事情があるのかも知れない。でもそれは、私たちにはわからないわ。だったら仕方がない。仮定の段階では、彼はろくでなしであると決めつけるしかない」

「うーん、まあ、そっか……」

「ただ、この話の中で彼の存在が薄いのは中々に興味深いけど」

「ていうと？」

「どうしてナオっちに詰め寄った女の子は、彼の名前を言わなかったのか。これってかなり不自然よ」

「それは……意識させたくなかったから、じゃないの」

「だったら、わざわざナオっちにこんな話をしないわ。もし彼を彼女から遠ざけたいのなら、普通は別の手段を採るわ。よーちゃん、わかる？」

「えー、なんだろ。うーん、そもそも色々と理解不能だからなあ……うーん、無理。見当もつかない」

私が首を左右に振ると、しずるさんはにっこりと微笑んで、

「さすがはよーちゃんだわ。あなたのそういうところが、とっても素敵よ」

と、唐突に言ってきた。

「な、なに？　なんで？　なんのこと？」

私が戸惑っていると、しずるさんは笑みを消して、

「よーちゃん……人間を人間たらしめているのは、どんなことだと思う？」

と、不思議なことを訊いてきた。

*

「え？」

意味がわからず、私がきょとんとすると、しずるさんは淡々と、

「人間は、他人とふれあうことで人間になっているのだけど……その他人は、相手が人間であるかどうか、どうやって判断しているのだと思う？」

と、さらに奇妙な質問をしてくる。私が絶句してしまうと、しずるさんは、

「人間とは、ただの生き物の種別を意味しない。ヒト科の生物、というだけでは人間とは言えない。他人と交流し、社会を作り、文明を支えるためには、ただの生き物ではない、人間という存在にならなければならない。その条件は単純にして明快――〝自分以外の誰かを尊重する意思があるか〟――それが人間か、それとも〝ひとでなし〟かを分ける、たったひとつの条件」

と、ごく穏やかな口調で言った。そこには押しつけがましいところや、力んでいる傲慢さは欠片《かけら》もなかった。

「………………」

「だから、恋をするときには、人はかなりの確率で、人間であることをやめている」

あまりにもさりげなく言ったので、私は一瞬、彼女の言ったことの内容が頭に入ってこなかった。

「――え？」

「恋というのは、自分ではない誰かを、自分の意思に沿ってくれるように願うこと――それも、かなり強引に。その衝動は自分でもコントロールしきれないから、自分という人間さえも踏みにじる傾向がある。困ったものよね」

彼女はやれやれ、と苦笑しつつ首を左右に振ってみせる。でも私には、彼女の言っていることがどうにも把握できない。ますます戸惑う。

「え、えーと……どういうこと？」

私としずるさんでは、知性に大きな差があるのはわかっている。だから素直に訊いたのだが、これにしずるさんは、

「よーちゃんが、これがわからなくても無理はない。あなたは、あまりにも自然に優しくて、みんなのことを大切にしているから」

と、まるで自分の方が悪いみたいな言い方をした。そして、

「よーちゃん、その女の子が、ほんとうにナオっちを男の子から引き離したいのなら、まず言いそうなことは〝彼に近寄るな〟ではなくて――〝彼はひどい奴だからやめた方がいい〟って感じのことよ」

「あっ――」

私は思わず声を上げてしまった。そう言われてみれば、確かにそうだ――ナオっちは彼に好意を持っている訳ではないのだから、わざわざ意識させるのはおかしくて、それよりも悪い先入観を持たせる方が、引き離すのには遥《はる》かに効果的だろう。後で彼が告白してきたとして、ナオっちが受ける確率が格段に減る。

「そ、それもそうだね……」

こんなに簡単なことに気づけないなんて、私はやっぱり間抜けだなあ、と思っていると、しずるさんが、

「こういう考え方は世の中に充ち満《み》ちているから、つい見逃しがちだけど……でも他人を嘘によっておとしめるという発想は、これはとても非人間的なものだわ。嘘をついてしまう弱さも人間らしさだろう、なんて悟ったようなことを言って誤魔化す者もいるでしょうけれど……ひとでなしであることには変わりはない」

と言って、そして私の眼《め》をのぞき込んできて、

「本来、こんなものはわかる必要がない。よーちゃんは間違っていないのよ。おかしいのは周囲の世界の方なのだから。だから、気に病むことなんてなんにもないのよ」

と、妙に大仰な言い方をした。でもしずるさんはこういうとき、決してふざけていない……真剣なのを、私は知っている。

「う、うん──」

私は素直にうなずく。しずるさんが気にするなと言うのなら、気にしない。しずるさんもうなずき返して、そして私たちは見つめ合って、ちょっと笑う。続けてしずるさんは、

「ねえ、よーちゃん──そもそも恋って何なのかしらね？」

と、いきなり訊いてきた。

「え？　い、いやそう言われてもね。うーん……」

私は反応に困る。なんか詩的なことを言うべきなのか、それとも身も蓋もない感じのことを言った方がいいのか、そもそも私にそんなことを説明できる資格があるのか、頭がこんがらがって、ひたすらに困ってしまう。

「よーちゃんは、恋をしたことあるの？」

「え、えーと……うーん、どうだろ……」

私がもじもじしていても、しずるさんはまるで動じずに、

「まあ、どう答えられても、私には反応のしようがないのだけど。私、恋とか苦手だから。感受性に乏しいのよね」

あっさりとした調子で言う。私はますます困る。

「乏しい、って──」

「私はほら、知識がなくて、さっきみたいにすっごくとんちんかんなことを言うでしょ。あれよ。私が恋について話すっていうのは、きっと魚が鳥について語るようなものよ。的外れで、肝心の所には触れられない」

　こういうことを真顔で言うしずるさんは、謙遜しているのか、嫌味で言っているのか、それとも本心からなのか、私にはまったく判別がつかない。仕方ないので、おそるおそる、

「いや、知識って——それを言ったら、私も全然ないよ……？」

　と応じるしかない。でもしずるさんは逃がしてくれずに、

「でも、色々とイメージ的な話はよく聞くんじゃない？　みんなそういう話をしているでしょう？」

　と追求してくる。私は曖昧に、

「まあ、それはそうだけど……でもああいうのって、割と無責任に面白そうに盛り上げているだけで、適当だし。いい加減なものよ」

　と言ってみる。するとしずるさんは、

「でも、それが本質よ」

「え？」

「恋って、きっといい加減なところからしか出発できないものだと思う。理に適《かな》ってい

て、誰もが納得して、受け入れられるようなものは、きっと恋ではない」

「ええと……」

「よーちゃん、どうしてみんな、あんなに恋の話が好きなんだと思う？」

「いや、わかんないけど……まあ、誰にでも通じるから、かな」

「誰にでも通じるくせに、誰もそれがどんなものか正確には言えないのね。いい加減にしか扱えず、適当にしないと噂話にもできない。そのくせ巻き込まれたら、ひとでなしにもなりかねない危険性がある」

「はあ……危険、かな？」

「よーちゃんはぴんと来ないでしょうし、私もそう。全然身にしみない話をしている。でも昔、余裕たっぷりに微笑みながら、私にこんなことを言った奴がいる――」

〝人間って、恋と革命のために生まれてくるんじゃないの？　あなたはそうではないのかしら？〟

「――ってね。それ以来、私はその意味をずっと考えているのだけれど、未《いま》だにわからないのよ」

しずるさんは、ひどく遠い目をして言った。そのまなざしに、私はかなりどきりとした。そんな眼をしているしずるさんを、私は初めて見たように感じた。私の知っているしずるさんではなく、とても離れたところにいる人のようにも思えた。

「…………」

絶句している私に、しずるさんは、

「よーちゃんはどう？　どういう意味だと思う？」

と訊いてきた。いや、しずるさんがわからないことが、私にわかるはずがないではないか。しかし彼女の深い光をたたえた眼を見ていると、何かを言わなくては、という気持ちにさせられる。しかたなく、

「うーん……それってつまり〝未来〟ってことじゃないかな」

「…………」

「ほ、ほら革命って、つまりは社会を自分たちの好きなように変えようってことでしょ。そして、恋っていうのも、好きな人と一緒に過ごせるようになりたいって気持ちでしょ。だから……その、どちらも未来を目指している、って言えるんじゃないのかな。明日はきっと今日よりいい日になる、みたいな気持ちを持つべきだ、とかさ」

「…………」

「も、もしかするとそんなに難しい話じゃないのかも。単にシンプルに、元気に前向きに頑張って、って感じのアドバイスなんじゃないかな。かなり無責任で投げやりだけ

ど」

「………」

「恋ってなんか、ドキドキするものって言われてるじゃない。それって嬉しいばかりじゃなくて、怖いって気持ちもあると思うのね。だから……えと、革命ってのも、もちろん危ないことなんだけど、でも前向きな気持ちもある訳で、未来に向き合うっていうのはきっとそういうことで。それは……だから人って、結局はほら、明日に向かわないわけにはいかないでしょ」

「………」

「時間は止められないし、どんなにひどい失敗をして、やり直したいと思っても昨日は返ってこないし、今日をどんなにいい加減に過ごしてしまっても、それは必ず明日に持ち越されてしまうし、だから……その」

「………」

「人は何のために生きるのか、とか言っても、要はそれだけのことなんじゃないのかな。どうせ、恋も革命も、みんな人生のどこかで必ず出くわしているんであって、ただ、本人がそのことにどれだけ気づいているかって、そういうことで」

「………」

「だから……その、大して気にしなくっていいんじゃないのかな。どうせやらずにはいられないことなら、そんなに身構えなくてもいいと思うんだけど、つまりは」

「……」

「そう、しずるさんは別に悪くないし、なんか変な嫌味を言われたって、そんなこと関係ないよ。だって——だって……」

「……」

しずるさんは、ずっと私のことを、どこか焦点の合わない眼で見つめ続けている。私は少しでも彼女が納得してくれそうなことを、必死で喋《しゃべ》っている。何を言っているのか、自分でもその中身はよくわかっていない。ただただ、しずるさんにうなずいて欲しいだけだった。

「だって……しずるさんは誰よりも、その……」

私がだんだん言いよどんできて、口ごもりそうになったところで、急に、

「ああ——よーちゃん……！」

と、しずるさんの顔に満面の笑みが浮かんだ。

「すごいわ、よーちゃん……あなたってほんとうに素晴らしい……ああ、あなたに比べたら、私はなんて馬鹿なのかしら……ありがとう、よーちゃん……あなたが私と出逢《であ》ってくれなかったら、私はずっと闇の中に閉じ込められたままだったわ……！」

彼女の眼には、涙さえ浮かんでいた。私は何が何だかわからず、少し呆然《ぼうぜん》としてしま

った。

「い、いやしずるさん、馬鹿は私の方で」

「とんでもないわ、よーちゃん……あなたの前では、私は何も知らない赤ちゃんよ」

しずるさんは、なんだかうっとりとした顔で私を見つめてくる。その嬉しそうな表情を見て、私は少し背筋が寒くなった。彼女がどうしてこんなに感動しているのか、当然わからないのだけれど……でも、ひとつだけ胸に引っかかる言葉があった。

未来——私が適当に言った、あの言葉。

しずるさんはその言葉を〝恋と革命〟に当てはめることを、これまで一度もしなかったのだろう。どうしてだろう。頭のいいしずるさんなら、思いついて当然のはずなのに。どうして——それは、

（しずるさんは、自分と〝未来〟が重なるものだと思っていないから——）

だから、思いつかなかったのではないか。それは私にとって、とても寂しくて、すごく悲しい考え方だった。しずるさんにだって、この病院の中にいる以外の〝未来〟があってもいいはずではないか。

「ねえ、しずるさん——そろそろ意地悪はやめて、いい加減教えてくれない？」

「え？」

しずるさんは虚を突かれて、ぽかん、とした顔になった。私はわざと唇を尖《とが》らせてみ

せて、

「だから、今はナオっちが友達に絡まれたって相談をしてたでしょ。なんか話がずれてる気がするよ。しずるさん、もうわかっているのに、私を振り回して、そうやって遊んでるんでしょ」

と不満げなふりをして言った。

そう――しずるさんが今は未来を信じられないのなら、私にできることは、こうやって彼女と他愛のない話を繰り返して、彼女に少しでも、心にゆとりを持ってもらうことだけだ。明日も明後日も、ずっとのんきにお話しようね、って彼女に思ってもらえるように――それぐらいしか、私にはできない。

「あ、ああ――そうか、そうだったわね。すっかりよーちゃんの話に聞き入っちゃって、本題を忘れていたわね」

しずるさんも、やっと落ち着いた顔に戻って、微笑んだ。

「しずるさん、あれっていったいなんなの？　もったいぶらずに教えてよ」

私がそう言うと、しずるさんは首を左右に振って、

「いいえ、はっきりとした答えを私が言うことはできないわ」

と、なんだか曖昧な言い方をした。

「どういうこと？」

「そうね、ナオっちが何を問題にしているのか。まず、そこが明確でないと、何も言えないでしょうね」

「問題——それは」

言われて、私はちょっと考えて、そして、

（あれ——？）

と気がついた。しずるさんは、そんな私の反応にうなずいて、

「彼女は何を気にしているのかしら？　その、彼女に抗議してきた女の子の気持ちなのか、それとも彼女を好きだったという男の子の正体なのか、はたまたこの話そのものが嘘か本当なのか——その焦点がどこにあるのか、話を聞いた限りでは、今ひとつはっきりしていないのよ」

「う、うーん——どうだろ……」

言われて、思い返して、でもやっぱり明確には出てこない。

「いや、なんかぼんやりと真相を知りたいって感じだったけど……少なくとも、男の子のことはほとんど気にしてなかったみたいで、どんな人だと思うか、みたいなことは何も言ってなかったかな」

私が自信なさげにそう言うと、しずるさんは、

「では、いくらよーちゃんに相談しても、答えは出てこないわね。自分でも何が問題な

のか、把握できていないのだから」

「でも、なんかその女の子に直《じか》に会おうか、とかは言っていたけど……」

「そうね——そこがちょっと引っかかるところね」

「その子に復讐する気なのかな、って心配になったんだけど」

「ああ、それはないわ。そこは大丈夫」

しずるさんは妙にきっぱりと断言した。

「え？」

「だってナオっちって、今では責任ある立場で、代表とか呼ばれるくらいの地位にあるんでしょう？」

「う、うん。びっくりしちゃった。なんか大きな男の人たちにてきぱき命令してたの」

「きっと優秀なんでしょうね。だったら——ますますこんなことで、自分の立場を危うくしたりはしない。私怨で昔のクラスメートを脅迫するなんてみっともない真似《まね》をして、威厳を損なうことはしないわ」

「そういうものなの？」

「そもそも、だからよーちゃんにこそこそと相談しに来たんでしょう？」

「あっ、そうか。確かに。みんなから隠れるように離れて話してたわ。でも、だったらどうして——」

「そういう風に言えば、よーちゃんが引き留めてくれるのを知っていたみたいよね、まるで」

しずるさんはさりげない口調でそう言った。

＊

「え——？」

「よーちゃんは、ナオっちとは昔からの知り合いで、あなたがどういう人なのか、彼女もよく知っているんでしょう？」

「……えーと、つまり……ナオっちは」

私が混乱していると、しずるさんが

「この問題——最初の情報が微妙に制御されているのよね。言うべきことを言わず、特に必要のないことが付け足されている。これだけだと、どうしても不明瞭な回答を出さざるを得ない」

と落ち着いた口調で、整理をしてくれる。

「何かを断言しようとすると、別の何かがそれを否定するような構造になっている。三人の登場人物のうち、誰が悪いのか、一概には決めつけられなくなっている」

「う、うん――」

「文句を言ってきた女の子が悪いのか、彼女にデリカシーのない反応をしたらしい男の子が悪いのか、それともナオっち自身に問題があるのか――それを決めるための素材が、話の最初から用意されていない。クイズとしては〝正解〟が出ないようになっている」

「じ、じゃあ――」

「そうね、これってどちらかというと〝心理テスト〟に近いものよね。これを聞いた人間が、どういう判断をするのか、それを確かめる機能がある。思考パターンを分析できる」

「分析……」

「まずナオっち自身を疑う場合、どんな話であってもすぐには受け入れずに、なんでも疑う猜疑心《さいぎしん》の強い者、という風に解釈できる」

しずるさんは淡々と、考えを述べていく。そこには一切の淀《よど》みはない。

「そして文句をつけてきた女の子を強く非難する場合、これはとにかく、目の前に迫ってきている者をとにかく敵視し、排斥する攻撃的な傾向がある、と見なすことができる」

彼女の声はとても澄んでいて、それはこういう風に、静かに話しているときにこそ、最も美しい響きを奏でる。それは私の心から、動揺と迷いを消し去ってしまう。

「そして男の子を悪者にする場合、論点から少しずれたところを強調して、常識にとらわれずに凡人とは違う視点を持っている、と誇示したい自意識過剰な面がある、ということがわかる——」

しずるさんは、ここで私に微笑みかけてきて、

「よーちゃんは、どれでもなかったわね……全員を気遣って、結局答えを出さなかった。私は、どうしようかしら」

と訊いてきた。

「………」

私はずっと黙っている。

そう……さすがにここまで来たら、私にも事態が把握できる。

こんな心理テストを私にする意味はない。必要もない。だとしたらこのテストは、誰に向けられたものなのか。

私が難問を突きつけられたとき、まず誰に相談するのか——そのことを知っている者ならば、答えは簡単に出る。

(しずるさんをテストしている——でも、どうしてナオっちが?)

彼女が手伝っているという〝家業〟に因るものなのか、それとも彼女自身が、しずるさんのことを知りたがっているのか——あるいは、この病院から頼まれて、こんな回り

くどい形で〝検査〟をしているのか——私の頭の中で、様々な考えがぐるぐると回っていた。

（いったいどういうことなの、これって……？）

私が半ばパニック状態に陥ってしまいそうになった、そのとき——

「よーちゃん——駄目よ？」

しずるさんの声で、私ははっ、と我に返った。彼女は悪戯《いたずら》っぽく、私にウインクしてきて、

「そういうところが、よーちゃんの駄目なところ——あなたはとっても素晴らしい人だけど、そういう風に、妙に深刻に物事を考えてしまうところだけは、あんまりよくないわ。あなたにそういう顔は似合わない」

と優しく言った。

「で、でも——しずるさん、私は」

私は利用されて、しずるさんにつまらないスパイ行為みたいなことを仕掛けていたのかも知れない。それは彼女の尊厳を傷つけかねない、恐ろしく失礼なことであり——と私がさらに負の感情に引きずり込まれそうになっていたら、しずるさんはすかさず、

「ねえよーちゃん、言ってはなんだけど——この問題って、そもそも焦点にすべきところが間違っているんじゃないかしら？」

と、私の言葉を途中で遮るように、落ち着いた調子で言った。

「しょ、焦点?」

「そう、あなたがナオっちに相談された、この話の内容——私たち、色々と推論してきたけれど、そもそも話の中身に、問題の焦点ってあったのかな、って気もしているのよ、私は」

しずるさんはうん、とうなずいてみせて、そして改めて、

「よーちゃん、ナオっちには今、恋人とかいるのかな?」

と訊いてきた。

「う、ううん——いないと思うけど。そんな話は聞いたことないし、様子もなかったけど」

「昔はどうなの。中学、高校時代には付き合っていた相手とかいたのかな」

「それも、ないと思う——そういうのと無縁で寂しかったから、いとこで年下の私とも仲良くなったんだろうし」

「ふうん、やっぱりね——」

しずるさんはなんだか、一人で納得している。私にはなんのことだかわからず、

「でも、それがどうかしたの?」

「ねえ、よーちゃん——人はどんなときに、過去を振り返るのだと思う?」

「えーと、久しぶりに誰かと会って、とか？」

「そう、きっかけがあるわよね。なんの理由もなく、不意に思い出すというのは、単に無意識での活動を自覚できていないことが多い。記憶っていうのは物事の関連で積み上がっているので、ひとつ思い出すと連鎖的に色々と蘇《よみがえ》ってくるけど、その最初のひとつがないと、なにも出てこない」

「それはそうね」

「今回の話も、いわば思い出話なわけだけど——その最初のきっかけって、なにかしら？　どうしてナオっちは、この話を思い出したのか？」

「どうして、って——」

「たぶん、文句をつけてきた女の子をまず思い出したのではないわね。特に親しくもなく、接点もない相手のことをいきなり前触れなく思い出したりはしない。では、彼女はどうしてあんな話をよーちゃんにしたのか。他にも話はあったはずなのに——仮に心理テストをしたかったのだとして、わざわざこんな話にする必要はないし、下手な作り話だと内情を知っているよーちゃんに見抜かれるから、きっとある程度までは本当の話なんでしょうし——なんで、この話なのか」

「ええと——だから」

私にも、その形がぼんやりと頭に浮かんできた。

「その思い出した理由が、ナオっち自身にもよくわかっていない、無意識なんだとしたら――」

「彼女はもう、高校時代とはかなり違う生活をしていて、そこに共通点はほとんどない。過去を振り返るきっかけなんて、おそらくほとんどない。大勢の人々の中で責任ある立場で判断を下している今と、クラスで目立たないように縮こまっていた昔と、何もかもが違いすぎる。では同じものがあるとしたら、そのきっかけというのは――何かしらね？」

「いや……それは」

私はちょっとためらったけど、結局、

「つまり――ナオっちが今、恋をしている――ってこと？」

と言ってしまった。しずるさんはにこにこしながら、

「もちろん決めつけられないけれど、でも恋に絡む話、自分の過去の中で唯一それっぽい話はそれしかなかったのだとしたら、まあ、思い出すでしょうね。しかもあんまり色っぽい話じゃないところが、今の彼女の、自覚の薄さを物語ってもいる」

と私の言葉を補足してくれる。はあっ、と私は思わず大きく息を吐いてしまった。

「あーっ、なるほどねえ――ナオっち、あー……そうなんだ――」

なんだか奇妙な感覚だった。すっきりしたような、ますますモヤモヤが募ったような。

私がひたすら唸《うな》っていると、しずるさんが穏やかな口調で、

「まあ、ここまで来たら、あとはよーちゃんに任せるわ。彼女に私たちの話を伝えようがどうしようが、少なくともあなたの負担はもう、ないんじゃないかしら」

「あー、まあ、そうね——うん」

私は苦笑して、肩をすくめながら、

「私が口出しできることじゃない、とか言っておくわ」

そう言うと、しずるさんもうなずいて、

「賢明な判断ね」

と同意してくれた。そして彼女は視線を窓の外に向ける。

「ああ——あれね、曇って」

私も振り向いた。風の流れで、さっきまでは見えなかったうろこ雲が、しずるさんのベッドからも見える位置にまで移動しているのが見えた。

「面白い印象ね。よーちゃんが思わず足を止めたのも、わかる気がする」

「なんか、警備員さんは地震の前触れかも、とか言っていたんだけど……」

「ああ、それは違う雲よ。地震雲と呼ばれる現象とは、形が違うわ。一般に地震雲といわれるやつはもっと途切れ途切れで、空にひっかき傷をつけたような形をしているの。まあ、うろこ雲も含まれるって意見もあるので、完全に間違いとは言い切れないけど」

「なんで雲が地震と関係するの？」

「いや、地震雲というのは科学的に証明されているわけではなくて、いくつか事例が観測されているというだけ。磁場の乱れが地震の前に起きるから、その際に生じる電磁波の作用で雲ができるとか言われているけど、まあ、信憑性《しんぴようせい》は低いわね」

「そうなんだ。噂話としては面白い、って感じなのかな」

「そんなところね。でも、あの雲は綺麗だわ」

「そうだね、光が透けて、キラキラしてる——」

私はしずるさんと、他愛ない話を続けながら、うろこ雲が流れていくのを二人で眺めている。

その雲は、なんの前兆でもないのかも知れないけれど、でも私としずるさんの、ささやかな会話のきっかけとしては、充分すぎる役割を果たしてくれた。これがなにかの未来につながってくれることを、私はひそかに祈っていた。

"Scales Cloud" closed.

今日の授業は悪い授業

初野晴

美大生の綾乃は、奇妙な家庭教師のバイトをしている。生徒は16歳の少年・祥だ。祥は圧倒的な芸術センスを持つ一方、世間一般の知識を持たず、なにより文字を読むことができなかった。彼に「世間一般」の授業をするのが、綾乃の仕事なのだが、次第に祥の秘密が明かされていく……。初野晴が描く「愛」と「献身」の物語。

初野晴（はつのせい）

『水の時計』で第22回横溝正史ミステリ大賞を受賞しデビュー。以後、ミステリジャンルを中心に活動している。高校吹奏楽部の主人公たちが活躍する「ハルチカ」シリーズは好評を博し、アニメ化、実写映画化された。

1

油画研究室の准教授の言葉を思い出す。

芸術家にスマホやネットは要らない。

芸術家はなにもしないで、ぼんやりと放心していられる力を培う必要がある。

孤独な空間から創造的なアイデアが生まれる。

心をさまよわせていると脳が解放される。

脳というものは、反射的な活動を要求されないときにこそ、最も生産的になるのだ。

「綾乃《あやの》、あ、綾乃」

心ここにあらずといった態《てい》で宙を見つめていたわたしは、祥《しょう》の声に気がつかなかった。

頭の中にできた空白に何度も自分の名前が響いて、ようやく反応する。

「え。もうできたの？」

「うん」

机の上に広げたスケッチブックには小鳥の絵が鉛筆で描かれていた。わたしは首をまわして、部屋の窓の外のモデルと見比べる。まだ電線にポツンと留まっているので仲間からはぐれてしまったのかもしれない。いずれにしても電線の真ん中に位置取り、周囲から丸見えなので、天敵に狙われてしまわないかと心配になる光景だった。

「この絵、売ってほしいな」

「綾乃にならあげる」

「そういうわけにはいかないの」

「なんで？」

「この間、『フランダースの犬』の話を聞かせてあげたでしょ。画家は絵を売るものなの。ネルロはアロアを描いた絵の代金を受け取らなかったから、最後にあんな形で死んじゃったの」

いいたいことが伝わったかどうかわからないが、祥は生真面目な表情で黙り込んでいる。

「じゃ、じゃあ、これと交換」

祥は絵を描くのに使った単眼鏡を指さした。わたしの持ち物で、単眼鏡があるとないとでは美術館巡りが劇的に変わる。授業中の世間話から彼に見せてしまったのが運の尽きで、こうして大幅に脱線してしまった。

「欲しいの?」

「うん。欲しい。ど、どうしても欲しい」

単眼鏡の値段と、このアルバイトの時間給を秤《はかり》に掛ける。結論はすぐに出た。

「いいよ。でも家のひとには隠してちょうだい。こんなのを持ち込んで絵を描かせたのがバレたらクビになっちゃう」

スケッチブックから絵を切り離し、物々交換が成立する。このミニサイズのスケッチブックも以前はわたしの持ち物だった。

「……クビって?」

「前にもいったでしょ。もう会えなくなるって意味」

祥はわたしの家庭教師の生徒だ。月八回で一回二時間の契約。今日で十一回目。そして来月、彼は十七歳の誕生日を迎える。わたしと歳《とし》が四つ離れているが、身長は二十センチほど彼のほうが上まわっていた。

「あ、綾乃と会えなくなるの、やだ。だって、いろいろもらえなくなるもん」

「わたしもバイトのお金が入らないと困る。エアコン買い換えたいし」

美大の先輩からもらった中古品がときどき動かなくなり、卓上扇風機や冷却枕でしのぐには限界があった。

「エ、エアコン?」

「この部屋にもあるでしょ。涼しい風が出てくる機械」

「う、うん」

「夏は暑い」

「綾乃は、暑いの、やなの？」祥の肌は色黒で、彼を見ていると夏の太陽のイメージが湧いてしまう。

「嫌よ」

「お、お風呂は？」

「え」質問が思いもよらない方向に飛ぶので戸惑った。なぜに風呂？

「お風呂だよ。いま、お風呂のことを聞いてるんだよ。お、お風呂もやなの？」

「……好きだけど」

祥は爪を噛《か》み、目を伏せてうつむく。うう、という唸《うな》り声が聞こえ、しばらくすると唸り声をあげたまま両手でくしゃくしゃと激しく頭を掻《か》いて、どんっと机を拳で叩《たた》いた。

「なんで暑いのはダメで、お風呂はいいんだよ！」

理解が頭の中に浸透するまで時間がかかった。いわれてみれば理屈で、たとえば三十九度の気温は耐えがたいのに、同じ温度のお風呂だとゆったりくつろげる。うーん……。おそらく科学的な根拠はあるだろうけれど、わたしにはわからない。

なんで？　どうして？　問題を嗅ぎつける感覚に恵まれた祥にとって、世界は何百、何千、何万という謎で満ちあふれているのだ。どうして空は青いのか？　なぜ声はひとりひとり違うのか？　男性になんの役に立ちそうもない乳首があるわけは？　世の中は、生活するうえで出てきた問題の答えを聞いたり調べたりして生きていくひとと、与えられるものになんの疑問も持たないまま生きていくひとのふたつに分かれているのかもしれない。困ったことに祥は前者で、問題をめざとく見つける問題児だった。

大きなため息に身を揺らしたわたしは椅子の背にもたれる。「……なんでだろうね」

「綾乃はおかしい。ぜ、ぜったい間違ってる」

カチンときて、「わたし、間違ったこと喋《しゃべ》ってない」

「なんで？」

今度はムキになって、「ああ、もうっ。ちゃんとこたえられるよう調べてくりゃあいいんでしょ」

「ほんと？」

「次までの宿題にする」

こうして先生であるはずのわたしに宿題が増え、こたえなければならない問題が山積みになっていく。

授業中の祥は気が移るのが早い。退屈でよそ見することもあれば、椅子に座っていること自体が苦痛でしょうがないというふうにもぞもぞと身動きもする。彼はいま、自分の物になった単眼鏡を熱心にいじりはじめていた。かなり外出を制限されているようなので、好きなだけ窓の外を眺めたい気持ちはわかる。でもさすがにこれ以上の脱線はまずいと思い、単眼鏡をひょいと取り上げて、プリント用紙を彼の前に置く。

「これが終わってからにしない？」

「や、やだ」

「祥が遊んでばかりだと、本当にクビになっちゃうの」

祥は再び両手で頭を掻いた。ひとしきりガリガリしたあと、まっすぐわたしを見る。抗議の目だった。水を飲みたくない馬を水場に連れて行っても決して飲まないように、関心のないひとをその気にさせるのは難しい。

ここで懐柔や叱責に走るという、地面に置いたバナナの皮をわざわざ踏みにいくような真似《まね》はしない。つまるところ人間関係は舐《な》められたら終わりで、にらみ合いの根比べに負けた祥は、不承不承ながらも学習ノートを手元に引き寄せた。プリント用紙を見ながら一字ずつ、２Bの鉛筆で書き順通りに写していく。「川」や「森」、「目」や「耳」、「虫」や「音」など、使っている教材は国語の学年別漢字表の一年生バージョンで、だれにでもできそうな単純な作業が、彼にとっては全力投球の大作業みたいになってしまう。そして机の上には小学生用の国語辞典、地図、時刻表が置いてあり、壁には「あいうえお表」が貼られていた。

授業の内容や祥の素性にかかわることは、ツイッターやフェイスブックなどのSNSでいっさい発信しないという念書にわたしはサインをしている。その見返りは大きく、掛け持ちしていたアルバイトをすべて辞めることができた。

　案の定、五分も経《た》たないうちに注意力が散漫になった祥はいくつもミスをした。それは増えつづけ、まるで書き間違えることが目的で机に向かっているようでもある。しかしわたしは口を出さない。祥の身体《からだ》が緊張し、力が入り過ぎて、鉛筆を持つ指先ではなく、身体全体で指先をコントロールするようになり、実際に首や頭をふって懸命に鉛筆を動かしている様を目の当たりにすると、中断させる気にはなれない。

　今日の祥は辛抱強かった。プリント用紙の二枚目を終え、次は「青空」や「夕日」などといった熟語にチャレンジしている。

「あれ？」祥がしきりに首を捻《ひね》り、「あ、あれ？　ねえ、ちょっと、綾乃っ」

「どうしたのよ？」

「こ、これ」なにを思ったのか、祥は机の引き出しを勢いよく開けて電卓をつかみあげた。

「待って」嫌な予感がした。「いまそれ、漢字の書き取りと関係あるの？」

「あ、あるよ。すごくある」

　わたしは眉根を寄せ、祥が掲げた電卓を観察する。家庭教師のアルバイトをはじめる前に、家のひとから受けた要望を思い出した。算数より国語を優先──簡単な計算は電卓を使って構わないという方針だ。そもそも祥が保護されたとき、彼は電卓を使った簡単な足し算や引き算のやり方を知っていたという。確かに、あの村で日常生活を送るうえで最低限の計算能力は必要だったのかもしれない。

「ほら、大発見だよっ」祥が興奮気味に叫んだ。「か、漢字は上から下の順番に並ぶのに、この数字は下から上に並んでるんだよ」

いわれて気づいたが、電卓の数字は1、2、3、4、5、6、7、8、9と、三×三の枡目《ますめ》の中に下から順番に配置されている。わたしが家で使うＭａｃのテンキーもそうだ。

「へえ、本当だ」

「なんで？ どっちが正しいの？」

ここは毅然《きぜん》と突き返さなければならない場面だった。

「あのね、先生だからといって、なんでもすぐこたえられるわけじゃないの」

「だ、だよね」

「わかってくれた？」

「うん。綾乃の宿題だ」

「わかってないじゃないの」

「も、もう気になって気になって、漢字の書き取りどころじゃなくなったんだよっ」

それから五十分ほど、授業とはとても呼べない授業がつづいて、二十分の延長を経てわたしはようやく解放された。残業代は支払われるのだろうか……などと甘いことを考えながら祥の家の玄関でスリッパから靴に履き替える。

祥が住む家は豪邸だ。玄関は邸宅の顔となる空間なだけあって自分が住む賃貸の間取りより広い。毎度毎度、祥の見送りはなく、いまごろ机の上でぐったりしていることは想像がつく。それほど彼にとって勉強の時間は負担が大きい。

代わりに家のひとが見送りにきていた。祥の母親には歳の離れた姉がいて、つまり彼の伯母にあたる。真っ白の白髪のおかっぱ頭の小柄な女性で、若作りも老け作りもしていない綺麗《きれい》さがあった。独り身だと勝手に想像していた。

祥の伯母とはいつも、すこしだけ会話を交わす。表情に乏しいひとだが、急に目と目の間、鼻の付け根に太い横皺《よこじわ》が刻まれる瞬間があるので、そのときは緊張する。わたしの前に、家庭教師を何人もクビにしてきたひとだから。

あのう、本当にわたしでよろしいのでしょうか……

アルバイトの初日から言葉を変え、口調を変え、ときには卑屈になって確認してきた。まもなく一カ月半が経ち、成果を問われる時期だが、明確な課題はなく、週ごとや月単位の目標も決められていないので、不安になるのも仕方がない。

「お礼をいわせてもらうわ」

この日、はじめて祥の伯母に誉《ほ》められた。

「え」

「あなたのおかげで、他の先生がやりやすくなっている」

薄々は感じていたが、やはり別の専門の家庭教師がついているのだ。祥の義務教育の空白を埋めるには、わたしひとりで足りるはずがない。

「連絡先を教えてもいいかしら」

コンタクトを取りたがっているらしく、問題ないと思って承諾した。見も知らぬ他の先生に協力的になれたのは、このアルバイトが長くつづいてほしいと願っているからだ。

祥が住む家をあとにしたわたしは、すこし伸びをして夕焼けの空を見上げる。

閑静な住宅街の空は太陽が沈みはじめ、雲はその光に染まり、なんともいえない彩りを放っていた。雲の間に沈みゆく太陽は、ひときわその光線が鋭く放射されるかのようで、ある一点の光景にわたしは目を細める。

肩から提げたトートバッグの中から慌ててスケッチブックの紙を取り出した。

小走りになって、目的の電線のほぼ真下に着き、顔を上げた。

祥がモデルにした小鳥がまだ留まっている。なにか変で、不自然さ、違和感を覚えた。最初に見たときから微動だにしていない気がするし、生気がまるで感じられない。

まさか……

死……

群れからはぐれ、疲れ果てた小鳥は、眠り込むようにして死んでいたのだ。

なのに電線から落ちない。

祥が描いた鉛筆画を確認する。２Ｂの鉛筆を叩きつけるように、乱暴に、でも繊細な線と濃淡が表現された絵は、鳥の骨格や、脚の腱《けん》が透けて見えるようだった。腿《もも》の筋肉から膝を通り、足首をまわりこんで指の裏まで伸びている屈筋腱が、体重で膝が曲がることで引っ張られ、その結果、からくり人形みたいに鉤爪《かぎづめ》がぎゅっと閉じている。

わたしの学科で、ここまで描ける学生は何人いるだろう。

鳥というものは眠ったまま、死んでいてさえも、留まっている電線や木の枝から落ちないことを天才少年画家の絵は雄弁に物語っていた。

2

美大に入学した時点で能力の優劣はすでに決まっている。

それは三年生になったいまでも、おそらく卒業したあとも変わらない。コツコツと画力を磨けばいい、努力を否定するな、という外野の意見もあるだろうけれど、成長期を過ぎた大人がまだ背が伸びると励まされるようなものだ。

とはいえわたしは、すがるものとして真面目のほうにメーターをふって勉強してきた。それすら准教授に否定されたときは困った。優等生の一〇〇点は芸術では〇点だという。いま思えば、親の反対を押し切って一浪し、第一志望の美大に入学した瞬間こそが自己評価が一番高かった時期だった。無邪気なほど自信満々だった自分が、周囲との圧倒的な才能の差、親の経済力の差、情報量の差、すべてにおいて打ちのめされていく様は、文化芸術の世界ではありふれた話かもしれない。

ただ、そういった劣等感を持てるうちはまだ救いがあるのだ。打ちのめされる、というのは実は傷が浅い。美大に二、三年も通えば本当の敵を知ることになる。

描かない自分。やる気が起きない自分。言い訳を探している自分。謙虚になりすぎて、傲慢になろうとしてもなれない自分――

なんのことはない。能力勝負の世界では、才能や環境やライバルなどまったく関係なかったのだ。

その頃になれば一度くらいは本物の天才に触れる機会がおとずれる。同期であったり、先輩か後輩だったり、本職の画家だったり、ひと握りもいない存在。

彼らは合理性とは無縁の世界にいて、小賢《こざか》しい計算がまったくない。

そして孤独の中にいる。していることはマラソンと同じだ。いいときも、悪いときも、絶賛されたときも、酷評されたときも、黙々と自分のペースを守りつづけている。愚直に、ときには周囲の関係者の気持ちを顧みないほど冷徹に。自分より前を走っていたひとが勝手に落伍《らくご》し、本人が望むと望まざるとにかかわらず順位が上がっていく。

ノイズが多い凡人にはそれができない。

いつしかわたしは油画学科で実践を減らし、研究を増やすようになっていた。鑑賞者の最良のものが研究や評論をするべきなのに、画家のなりそこないがその道を目指してどうするのだろう？

真面目に生きてきたことが仇《あだ》になり、たまにお腹《なか》の痛みや吐き気に襲われる。そんなときだった。

祥と出会ったのは。

学生課の前に設置されている掲示板で、家庭教師の求人を知った。

生徒は十六歳の男子で、先方が求めているのは美大受験対策ではなく、世間一般の家庭教師であることに驚いた。百歩譲って相手が中学生ならまだしも、高校生レベルとなると募集する大学を間違えているのでは？　と思いたくなる。それに加えて採用条件は「男女問わず、要面接」、雇用形態と時給は「応相談」という記述にも面喰《めんく》らった。まともな求人ではないので眉を顰《ひそ》めていると、学生課の職員のおばさんに声をかけられた。

「杉田さん、ねえ、杉田さん」

杉田はわたしの苗字《みようじ》で、この職員のおばさんには何度か割のいいアルバイトを紹介してもらっている。ふた言目には「お金、困っていない？」を挨拶代わりにする彼女だが、プチ勘当といった態で上京し、学費と最低限の仕送り以外は自分で稼がなければならない立場なので有り難い存在だった。学生課を窓口にするメリットは、事故やトラブルが起きたときに相談に乗ってくれることと、非合法やブラックバイトに遭遇しないことだ。

「杉田さん、なにかバイト探しているの？」

「いまより良いところがあればと思ってチェックしているんですけど」

「その家庭教師の求人はどう？　勉強のほうは駄目？」

「駄目もなにも」よく考えてみた。「普通、家庭教師は同性をつけるのでは？」

「そうそう。私も確認してみたのよ。先方が問題ないって」

「問題ない？」

「条件が良さそうなんだけどねえ……」

気になる発言だった。条件が良いことをうかがわせる内容はどこにも書かれていない。そう感じるに足る「なにか」を職員のおばさんは知っている素振りなので、探りを入れてみたが、返事を濁すだけで要領を得ない。

その日はたまたま掛け持ちしているアルバイトが両方休みになり、本能的に暇を恐れた。職員のおばさんがすぐ取り次いでくれたこともあり、あれよあれよと面接を受ける流れになった。断るなら直接会って断ったほうがいいわよ、という職員のおばさんの謎理論に押し切られる形になったが、最終的にはわたしの意志だ。同期の半数以上と連絡が取れなくなった美大という環境に湯船みたいに浸かっていると、不合理なことを無性にしてみたくなるときが突然おとずれる。

教えてもらった住所は、大学から電車で六駅離れた高級住宅街にあった。どの家も敷地面積が広く、緑や花で囲まれ、避暑地のような雰囲気だった。高層マンションや商業ビルがいっさい建っていないので、厳しい建築協定が結ばれていることが想像できる。建築協定については建築学科の知り合いから話を聞いたことがあった。景観は守られるが、新たに家を建てるひとがすくなくなるので街全体が高齢化する。

時刻は午後二時を過ぎていた。スマホのナビアプリを使って「ここかな」と目星をつけた場所は、高い石張りの塀と生け垣が目隠しをしていて、道路側からほとんど家が見えない。「織部」という表札のある出入り口を探して歩いていると、頭上からなにかがふってきた。

ドサッ、と足元に落ちたのは重量のありそうなリュックサックだった。さっと血の気が引く感覚に襲われて顔を上げると、塀を乗り越えて出ていこうとする少年と目が合った。空き巣としか思えないシチュエーションに、蛇に睨《にら》まれた蛙《かえる》という諺《ことわざ》は喩《たと》え話ではないことを知る。しかし悲鳴をあげるのは、すんでのところで思いとどまった。向こうは澄み切った明るい目をしていたこと、驚く気配をまったく見せなかったこと、裸足《はだし》だったこと、そしてボロボロのスケッチバッグを抱えていたこと。

顔から足の甲まで、余すところなく日焼けをした彼は、ぴょんと飛び降りてリュックサックを拾い上げる。身長は高く、手足も長い。筋肉質だが、トレーニングによってつけられたものではなく、全身運動でつけられたような細身の筋肉の持ち主で、十代後半の少年が持つ魅力にあふれていた。

彼はわたしのことなど意に介さずに荷物を持って走り去っていった。スケッチバッグ——身体が勝手に反応して、あとを追う。

彼が向かった先は高級住宅街にある豪農的な屋敷だった。隣にお金持ちの道楽のような広い菜園があり、彼は「立ち入り禁止」という札を無視して柵の隙間から敷地に入っていく。あまりにも自然に侵入したので、わたしもそうした。

茄子《なす》とオクラを混植した畑の前で、彼は時間を一秒たりとも無駄にしない素振りで、野外用の軽量イーゼルを組み立てている。イーゼルは試行錯誤を重ねたうえでの自作っぽく、転倒防止の重石《おもし》代わりに三脚部分にカラビナで荷物を引っかけていた。

わたしは足音を忍ばせて近づき、彼が使っている画材を観察する。F3号の水彩キャンバス。パレットにのせたのはジェルメディウムとアクリル絵の具……

梅雨末期の大雨は先週で終わり、雲間から強い日差しが照りつけている。見ているだけでも汗が流れる暑さだが、彼はどうとも感じていない様子で、それどころか持ってきた水筒やタオルの存在を忘れるほど、絵を描くことに夢中になっている。スケッチやアタリはせず、それでいて筆さばきは速く、いっさいの迷いがない。

ああ……

学内でわたしを最初に打ちのめした同期を思い出す。

絵の巧《うま》さ？　違う。まだ完成してないし、その程度ならただの嫉妬で終わる。もっと根源的なものだ。

彼の肌の色は、幼い頃から息を吸うように野外制作をしてきた歳月の長さをあらわしていた。晴れの日だろうと曇りの日だろうと、紫外線を受けることに変わりはないから、年中日焼けしてしまうのだ。かといって日傘や帽子を使うと、陽が射《さ》したときに、光と陰がまだらになるなど重なる部分が出てきて色や調子を合わせにくくなる。本物の絵描きは常に日向《ひなた》の中か、陰の中を選ぶ。

「おい、だれだっ」

屋敷の主に見つかり、彼は慌てて片づけてイーゼルとキャンバスを持って立ち去る。逃げ足の速いバッタやこおろぎを見ているようだった。いくつか彼の忘れ物があり、律義に回収したわたしだけがこってりとしぼられる。

荷物が増えた状態で家庭教師先の織部家をたずねると、約束の時間を大幅に過ぎたことで家のひとは不快感をあらわにしていた。やけになって事情を話すと、なぜか態度が急に軟化する。わたしは自分の生徒になる祥と出会っていたのだ。彼に挨拶した際、初対面の反応をされたときはすこし腹が立った。

3

「数字のボタンが下から上に並んでいるのは、歯車を使った機械式加算機の名残なのよ。昔はボタンではなく歯車からレバーが十本伸びていたわけで」

祥はぽかんと開けていた口を慌てて閉じた。

「あ、綾乃。ちょ、ちょっと、待って。なに喋ってるのか、全然わかんない」

「宿題よ。この前の宿題。電卓の謎」ネットでいくら検索しても答えが出てこなかったので、わざわざ図書館で専門書を読んだのだ。

「で、電卓の謎？　あ、そうだった」そして彼は身を乗り出す。「なんで？」

彼に伝わるよう要約しなければならないことに気づいて、「しきたり、だから」

「しきたり？」

「昔からの決まりごと。しきたりっていうの。祥が住んでいた村にもあったでしょ？」

「う、うん。あった」

「いまさら変えられない」

「え？　き、決まりごとなら、たくさん破ったけど」

　あまりにも当たり前のようにいうので、短く苦笑した。「そうよ。しきたりは守るものだけど、世の中の正解というわけじゃないの。間違っていると思ったら勇気をもって破っていいの。最近の電卓の中には、数字が上から並んでいるものもあるから」

　祥はちょっと宙を見るような目になり、考え込むように腕組みをしていたが、一応納得したようで、ふうん、と喉を鳴らす。あと二十年もすれば、機械式加算機の記憶を持つひとが完全にいなくなり、電卓やテンキーの世界は変わるかもしれない。

「あ、綾乃」

「なに？」

「綾乃からもらった、こ、これ、すごくいい」

　彼は単眼鏡を机の引き出しの中から取り出した。大事に使っているようだった。

「あまり窓の外ばかり見ていると、のぞきと間違えられるよ」

「……の、のぞき？」

「なんでもない」

「ま、また、描いてみたんだ」

「それ使って？」

「う、うん。バレないように描くの、た、大変だった」

この家の二階の窓から見える単眼鏡の景色はたかがしれている。

「見せて」

彼には監視の目があるので、描けるのはせいぜい木炭画か鉛筆画だと思ったが、渡されたのは一枚の水彩画だった。下絵から着彩終了まで、わずか三十分ほどで仕上げたという絵に見入る。灰色の屋根瓦がびっしりと描かれていた。隣の家のもので、屋根瓦には点々と降りはじめの雨粒の跡があり、これを水彩で表現するのは難しい。雨そのものは描かれていなかった。にもかかわらず、たちまち雨に濡《ぬ》れて真っ黒になる屋根瓦の姿を想像する。この絵には時間が存在していた。祥がなにか喋っているようだが、しばらく彼の声は耳に入らなかった。

「あ、あ、綾乃は、え、絵の学校に、行ってるんだよね？」

やっと視線を引き剝がすことができたわたしは、呆《ほう》けたようにこたえる。

「そうよ。美大」

「ど、どんなところ？」

「どんなところって……楽しい学生生活は存在しません」

「な、なにそれ」祥はわけがわからないといったふうにひとしきり笑ったあと、「でも、絵が、好きなだけ描ける、ところなんでしょ？」

「もちろん。描きたいひとは、いくらでも描いていいけど……」

自分にいいきかせる言葉が、自分でも鵜呑《うの》みにできなくなって動揺する。

でも、なぜだろう。祥の絵に嫉妬を覚えない。焦りや不安や苦しさ、自分に対する怒り、などといった心の不吉な筋肉が動かない。不思議と、わたしを傷つけない絵なのだ。名画のそれと同じで、ただひたすら安心、ぼんやりとした気分に浸らせ、観《み》る者の胸の奥にかけがえのない沃野となって広がる絵。ものすごく不遜な喩えだとわかってはいるけれど、ゴッホの絵を見たテオも、ダリの保護者となったガラも、若くして亡くなったモネの妻カミーユも、同じ気持ちを抱いたのだとなんとなく想像してしまう。

屈託のない祥の声に、意識が呼び戻された。

「い、いいなあ、いいなあ、すっごくいいなあ。綾乃ばっかり、ずるい」

「祥だって勉強すれば行けるようになるのよ」

「べ、勉強かあ。苦手なんだよ。ま、毎日、怒られてばっかりで」

わたしは黙った。

「ぼ、ぼくも」彼は口から言葉を出す手前で躊躇《ちゅうちょ》し、机の上に突っ伏した。「ぼくも、もっと自由に、たくさん、描きたいよ」

授業が終わってから——といいかけてやめる。

彼の一週間のスケジュールを知ったのはつい最近だ。月曜から日曜まで、他の専門の家庭教師によるひらがな、カタカナ、アルファベット、簡単な英単語、九九、常用漢字、国語、算数、理科、社会など、小学校で学習する教科の徹底指導でぎっしり埋まっている。そればかりか水泳や書道の習い事までしていて、終わることがないサイクルのようだった。

そこには血の繋《つな》がった甥《おい》をまともな人間にして、社会に戻そうとする祥の伯母の執念を感じる。

祥の日常は、彼女のそんな「善意」で支配されていた。ぶらぶらと意味もなく散歩したり、公園のベンチに座って空想に耽《ふけ》ったり、河川敷で夕映えの照る川面をずっと眺めるといった無駄な時間はまんべんなく排除されている。家の塀を乗り越えて度々逃げ出していた彼は、とうに限界を越えていたのだ。

わたしの家庭教師のアルバイトは祥に与えられたガス抜きなのだと、最近になって思えるようになっていた。そのガス抜きでさえ、気がゆるまないよう授業の態を強いられている。

きっと祥の伯母は悪い人間ではないだろう。年老い、自分に残された人生の中で、身寄りのない甥である祥の将来のことをだれよりも心配している。

「ねえ、祥」

彼は軽く顔を上げた。

「茄子とオクラの畑の絵を描いた日のことを覚えてる？」わたしはいった。「ほら、先月——」

「な、なんで知ってるの？　怖いおじさんに見つかっちゃって、大変だったんだよ」

案の定、わたしがそばにいたことは意識になかったようだ。それはそれで構わなかった。自前のノートを取り出し、立ち入り禁止という文字を書く。

「これが読めなかったの？」

のぞき見た祥は瞬《まばた》きを何度もくり返した。

「これ？　なに？」

わたしは息を吐き、「また今度教えてあげる」とノートを引き取る。

自分の中で急激に湧き上がる感情をおさえた。

昔読んだ本を思い出す。世界中のひとに愛され読まれつづけているカレル・チャペックの『ひとつのポケットから出た話』という小説集の中に『青い菊の花』と題する印象的な短編がある。クラーラというすこし頭の弱い少女が腕いっぱいの花を抱えて歩いていて、それが青い菊だった。街を支配する公爵が住民や憲兵隊を巻き込んで青い菊が咲いている場所を探すが、どこにも咲いていないというミステリーだ。

その真相そっくりじゃないか。

「あ、綾乃？　どうしちゃったの？」

眉間に険しさを刻んでいたことを知り、慌てて表情をゆるめる。

「え」

「お、怒った？」完全に誤解されてしまったようで、祥は鉛筆を持って机に向かう姿勢を取る。「……ご、ごめん。今日は、なにをすればいい？　ちゃ、ちゃんとするから」

わたしの機嫌を取るような声を聞いたとき、自分がひどい間違いを犯していることに気づいた。先ほど、彼のSOSを受け取ったばかりじゃないか。

「なんで祥があやまるの？」

「だ、だって」

「悪いことした？」

祥は見えない空気に押されるかのように後方にのけぞり、「わ、悪いこと、し、してばかりなんだけど……」

「絵を描くことが？」

「う、うん」

「わたしの悪い授業のせいよ」

「え、え？」

椅子から立ち上がって部屋を見まわした。

「どこに隠してあるの？　イーゼルや画材」

祥は縮こまり、秘密を頑《かたく》なに守る子供みたいに一言も発しない。にんまり笑ったわたしは「いまから小学生の頃にクラスのガキ大将から伝授された必殺技を発動しますんで」と、彼の頭を脇に抱え、両こめかみに拳の先端を挟み込むようにあてがい、ぐりぐりぐりぐりとネジ込みながら圧迫する。「どう？　正直に喋ったほうが楽だよ」

「うわっ、やめてっ、綾乃っ」と、じたばたもがきながら彼が指さしたのは、部屋にあるアンティーク調の大型洋服ダンスだった。白状した通りに一番下の引き出しを全部引き抜くと、本体の底の部分にかなり広めの空間があり、そこに画材が隠されていた。この隠し場所は、いまの家に住むようになった初日に見つけたという。いつでも絵が描けるよう、水道水の入ったペットボトルも転がしてあった。

「みんな、村から持ってきたものなの？」

「……ぜ、全部、そう」

祥は耳の先まで顔を赤くしてうつむいている。

「授業が終わるまで一時間以上あるから描きなよ」

「い、いいの？」

「いいよ」

「で、でも、綾乃がクビになっちゃう」

「クビは困るけど」中途半端な自己保身を頭から追い払い、ため息をつく。「バレたらバレたで、地面にめり込みそうになるくらい頭を下げるからいいよ」

「ク、クビにならない？」

「たぶん……」

わたしの授業が大雑把で、ときどき祥に好きなことをさせているのは、祥の伯母も織り込み済みだろう。村から持ってきた画材も見逃している可能性はある。これらを捨てるほど鬼ではないのだ。

「や、やった」祥はうれしそうにイーゼルのパーツを組み上げ、窓のそばに設置する。

「時間内に描くなら水彩かな。静物にしようか」

わたしは花か果物か器物の代わりになるものを目で探す。

「あ、あれがいい」

彼は窓の向こうに広がる真っ青な空を指さした。空に浮かぶ巨大な綿菓子のような雲が風にゆっくり流されている。たかをくくっていた二階からの景色も、顎をすこし上げるだけで見える世界はこうも違うのか。彼の目に普通に見えるものが、わたしの目には見えなくなっていた。

祥は丸筆を動かしはじめた。その真剣な横顔は、こちらがはっとするほど凛《りん》としている。あっという間に眼前の作品世界に没頭し、もう彼の意識からわたしが消えてなくなっていることがわかった。

授業が終わるまでじゅうぶんな時間があるし、三十分までの延長なら祥の伯母は部屋をノックしてこない。わたしは洋服ダンスの隠し場所をもう一度見てみた。ふたつの透明ポリ袋に分けたアクリル絵の具と油絵の具、水彩用の無酸紙、麻のロールキャンバス——まるで備蓄で、当面は困らなそうな量が入っている。祥にこれだけのものを与えつづけた村の人物のことを想像した。

最後の最後まで搾り取った油絵の具のチューブをつまみ上げて観察する。捨てずに保管しているということは、ハサミで切って蓋の近くに残った顔料まで使うつもりなのだろう。やはり祥の本領は油彩画だと確信した。無駄をいっさい出そうとしない一流の職人の世界と同じだ。

祥の作業を見守る。どうしてあんなにためらうことなく筆を一気に走らせられるのだろう。どうやったらあんなに精妙で美しい色の氾濫をキャンバスに起こせるのだろう。水彩画でこれなのだから、油彩画はいったいどうなるのだろう。

いつか、彼が油彩画を描く姿をそばで見てみたい。そんな日がおとずれればいいのだけれど、わたしには考えあぐねる気がかりな点があった。

絵の具のチューブも、溶き油の壜《びん》も、ペインティングナイフも、ブラシクリーナーも、ラベルの文字やメーカー名が、黒く塗り潰されているか、執拗《しつよう》に削り取られている。

読めないから、あなたが消してしまったの？……

家庭教師をはじめた頃は手探りの霧の中にいたようだったが、すこしずつ霧が晴れていく実感を持った。

4

以前、祥の伯母が口にした「他の先生」からコンタクトがあった。もっと早くスマホに連絡がくると思っていたので意表を突かれた感じだ。コンビニでスイーツを物色中だったわたしは慌てたが、向こうの男性の声のやり取りは無駄がなく要領を得ていた。連絡が遅くなって申し訳ありません。杉田さんのご都合がよろしいときに、一度お会いすることはできないでしょうか。おおむね、私の話を聞いていただくだけで構いません。同じ生徒を持つ以上、すくなくともマイナス要素にはならないでしょうから。

こちらとしても祥の素性をいま以上に把握しておきたかった。なにせ祥の伯母は話してくれない。そもそも家庭教師としてあまり信用されておらず、時給制の友人と割り切られている節があるので仕方なかった。ただ、わたしだって馬鹿ではない。彼についてはいくつか確信していることがあった。会っていきなりすべてがわかったというわけではなく、アルバイトの回数を重ねて、すこしずつ。

電話で男性は川上と名乗った。

会う喫茶店の場所はわたしが決めた。代わりに時間は彼の希望に従った。到着すると、軒先の日陰で立って待っている男性がいた。喫茶店の待ち合わせで、店の外で待つひとをはじめて見た。大学の男どもや女どもとは全然違う。

ずいぶん背の高い男性という点をのぞき、電話の声のイメージとだいたい一致していた。三十代くらいの清潔そうな男性で、白のチノパンにグレーのサマージャケットを羽織っている。彼は一礼したあと、太ぶちの眼鏡の奥からわたしを見下ろした。

「杉田さんでしょうか」

「は、はい」とこたえると、「川上です」と名刺を渡してくれた。受け取った名刺にはテレビCMやネット広告でお馴染《なじ》みの全国大手の家庭教師センターの名称があった。専属教師という肩書きの隣に、自分の日常ではあまり目にしない文字が並んでいる。

一応、彼に学生証を見せた。

「ほう、アブラ？」

物腰は柔らかいが、油画学科の略称がすぐ口から出てくるあたり、油断ならないというか、舐めてかかってはいけない相手の気がした。

「まあ……」

「中に入ってお話ししませんか」

店内に移動し、ふたり掛けのテーブル席についた。ウェイターを呼び、わたしはアイスミルクティー、彼はアイスコーヒーを注文する。午後三時前だけれど席は半分くらいしか埋まっていない。いつでも座れることを知っていたからこの店にしたのだった。

受け取った名刺はテーブルの上に出していた。目を落としながら考えていると、気をまわしたような彼の声が届く。

「学習指導要領が改訂されて、ずいぶん需要が伸びた業界なんです。プロ家庭教師から学生家庭教師まで抱えていますよ。大手の強みは、教師の層の厚さにほぼ比例しているといっていい」

「だから、ですか？」

と、名刺にある言語聴覚士と臨床心理士の肩書きを指でさした。

「近年は発達障がいや、そのグレーゾーンにいるお子さんを抱える家庭からのニーズも高い。私の前の職場は介護福祉系の会社でした。もともと学校の教師になるつもりで教員免許を取っていたくらいですから、転職に抵抗はありませんでしたね」

いままで抱いていた推測がだんだん確信に近づいていく。

「杉田さんもご担当なさっている祥に対しては、初等中等教育の修学を目的に私とスタッフの二名が専属でつく契約を結んでいます。ご存じの通り、祥は非協力的な態度を常に取りますし、学習、とくに言語習得が極めて遅い。祥の負担やストレスが大きくなることは承知のうえで、詰め込みと非難されても否定できないスケジュールを組んでいました」

顔を上げたわたしは、首を傾げてから、訝《いぶか》しげな表情をつくる。祥に過剰な学習を押しつけているスパルタ教師に対し、嫌味のひとつでもいってやろうと思って臨んでいたが、引っかかる点があった。それは些細なことかもしれない。でも、小さな石や砂でも靴の中に入れれば不快感が残るのと同じで、どうしても聞き流せなかった。

「祥？」

さっきからすごく丁寧な言葉遣いをするひとが、自分の生徒を呼び捨てにする。

ああ、と彼は反応した。通じたようだ。

「すこし話は横道にそれますが、私は子供の頃、児童書の『ドリトル先生シリーズ』に深い感銘を受けて育ったんです。いまでもバイブルといってもいい。下手な啓発書やビジネス本よりもね。ドリトル先生はとてもフェアなひとで、スタビンズを子供扱いしなかった。まわりは坊やと呼ぶのにドリトル先生だけが公平に接した。子供だった私は感動しました。あの本には、ハイリスク・ハイリターンを強要する日本の道徳観や、理想主義にありがちな嘘《うそ》がないんです」

聞きながらこのひとの前の職場を思い出した。確か介護福祉系だ。そこでも同じ姿勢で臨んでいたのかもしれない。

「杉田さんには感謝しています。ここ二カ月くらいですよ、風向きが変わったのは」

「え」

「祥の勉強の意欲と態度です」

「あれで?」

彼は笑い、「そう、あれで」

「先が長そうですね」

「いえ。トンネルの先に光が見えたような気がしました。いまでこそ祥とは日常会話による意思疎通ができますが、あそこまで持っていくのにどれだけ苦労したか」

「わたしがアルバイトにつく前ですか?」

彼はうなずき、「一年ほど前でしょうか」と腕の裏にある傷痕を見せてくれた。「これは最初の頃、ペインティングナイフで切られたときのものです」

密《ひそ》かに息を呑んだ。

飲みものを持ってきたウェイターに遠慮して彼は口を噤《つぐ》み、ウェイターが去っていくとまたつづける。

「ただ、この怪我《けが》のおかげで祥は他人を慮《おもんぱか》ることを覚えてくれるようになりました。杉田さんもすでにご承知のこととは存じますが、織部家の報酬は破格です。私やスタッフは相当な手当をいただいています。私としては子供が産まれたばかりなのでありがたい話ですが、その高い報酬を抜きにしても、祥の家庭教師の仕事は最後までやり遂げたいと強く思いました。大仰な言い方が許されれば、ある種の使命感といっていい」

彼をまじまじと見返し、「使命感？」と、鸚鵡返《おうむがえ》しをしてしまう。自分にとって遠すぎる世界にあり、今後も馴染みを持たない言葉のような気がした。

「ええ。ですからくり返しますが、杉田さんには感謝していますし、一度お目にかかってお礼をいいたかった」

「あの、わたし、時給に見合う仕事、たぶんしてないですが」

「いえ。織部家の期待にはじゅうぶんこたえています」

「それってストレス解消とか気分転換の意味ですか？　川上さんたちの仕事をやりやすくするための？」

「否定はしません。杉田さんは授業中にときどき、祥に絵を描かせているそうで」

喋ったのは祥だろう。問い詰められたら素直にこたえてしまいそうなところが彼らしい。川上さんの背後には祥の伯母がいるわけだし、こういう流れになると思っていたので、祥が授業中に描いてきた絵をバッグの中から出して見せることにした。全部で八枚。わたしが持っているのは鉛筆画が六枚と水彩画が二枚だ。

受け取った川上さんは一瞬驚いた表情を浮かべ、目を輝かせた。「これは、すばらしい」そういったまま絶句し、吸い込まれたように祥が描いた絵を眺めている。

「あの、絵の良し悪《あ》しが？」

「素人ですよ。ですが一度も描いたことがないひとでもミケランジェロやベラスケスやフェルメールの作品の前に立てば、なにかしら心を動かされます」お世辞だとしても最大級の賛辞を送った彼は、絵から目を離さずにつづけた。「織部家の方に見せても？」

「構わないです。是非、彼が描いているところも注意深く観察してあげてください。デッサンをするとき、殴りつけるようにあっという間に形を取りますから。たぶん、わたしが知っている同期や先輩よりも速い」

「わかりました。機会があれば、そうさせていただきます」

「祥の実力を認めていただけるのなら、無理に勉強を詰め込まないであげてほしいんです。祥は来年十八歳です。勉強ができなくても一流の芸術家にはなれます。高認さえ取ってしまえば学力不問といっても過言じゃない美大もありますし」

「それは無理な相談ですね」

　思いがけず否定の言葉が返ってきたので、こっちも反射的に言い返したくなる。

「無理？　なぜ？」

「これは私のような一般人が常々疑問に思っていることですが、芸術の世界で専門に進み、そこで高度な専門教育を受ければ、立派な画家になれるのでしょうか」

　彼をじっと見つめた。一瞬、なにをいっているのかが理解できなかった。

「どういうことです？」

「先ほど私は西洋を代表する芸術家を三人挙げました。国籍も時代も違う三人ですが、彼らにひとつだけ共通するのは、美術学校を出ていないことですよ」

ドクン、とこめかみの奥で鼓動が聞こえた。

「そんな。美大がなかった昔の話をしても仕方ないじゃないですか」

「では、二十世紀まで時代を進めましょうか。芸術史に名前を刻んだピロスマニ、バルテュスもまた、美術学校と無縁のキャリアを積んだはずです。無論、ピカソやフランソワ・ブレのように美術学校を出た天才もいますが、画家になるために美大を出る必要はまったくない。十分条件でもない。門外漢の私でもわかる理屈です」

頭の中で、なにかがひび割れて壊れる気配がある。自分の拠《よ》り所《どころ》まで否定されて、血の気が一気に引く思いがした。なにかいわねば、と焦り、唾を飲む。試されている気がしたわたしは、なんとか冷静になり、反論を試みる。

「……みんな、偉人になるために、美大に進んでいるわけじゃありません」

「無論、そうでしょうね」

「川上さんはなにをおっしゃりたいんですか？」

「本筋に関係あることですよ。生粋の芸術家というのは、終わりのない修練、終わりなき独学で成り立つということです。そこに専門教育の単位などは関係ない。念のため確認しますが、杉田さんは祥の素性についてはどこまでご存じで?」

そうだ。いまは自分のことより、祥のことだ。話の優先順位を思い出したわたしは息を深く吸い、頭の中で整理してからこたえる。

「こっちの世界じゃ祥は有名人です。アルバイトをはじめたばかりの頃はわからなかったんですが、回数を重ねるごとに疑問に思うようになって、ネットで調べました」

スマホを操作し、スクショしていた画面を彼のほうに向ける。

川上さんはちらっとのぞき、「ああ、それですね」と反応した。彼もまた、何度も見てきたことがうかがえる。ネットニュースの記事だった。そこでは祥は「八重樫《やえがし》祥」という名前で紹介されている。

祥は長野県の限界集落に移住した夫婦の子供だ。美大出身の両親を持つにもかかわらず、独学で絵を学び、自然を師と仰いで風景、動物画を得意とする少年。記事には祥の顔写真と、彼が四歳の頃にスケッチした絵が載っている。レオナルド・ダ・ヴィンチの生まれ変わり——そんな大仰な記事の見出しは懐疑的になるものだが、ネットを見たひとの大半は「え」と二度見してしまうレベルだ。作品の売買は父親を通して行われ、インターネット競売でたった十五分で二十三枚の絵を売り上げて約四百八十万円を稼いだとある。買い手は国内のみならず、中国やイギリスなど世界中に及び、売り上げはすべて村に寄付した。彼については日本のメディアではなく海外のテレビ局が特集番組を組んでいる。

「話が早くて助かります」

と、川上さんは氷が溶けて薄まったアイスコーヒーを口に含んだ。

「検索すれば他にも出てきますし、全部読みました」

「どのように取り上げられていたかは想像がつきます。表現は不適切かもしれませんが、英才教育を受けていない野生児が一世を風靡《ふうび》する——映画や漫画の世界でよく見られる大衆願望ですし、芸術文化が高い欧米メディアが好みそうな題材ともとれます」

外野はそう囃《はや》し立てるだろうけれど、間近で見た者だけにわかる真実がある。

天才は持って生まれた好奇心の強さで対象にのめり込み、答えが明らかになるまで没入する。その没入感こそが、天才たる所以《ゆえん》なのだ。

「八重樫というのは祥の父親の苗字ですよね？」

「ええ。織部家は母親との交際を反対して、何度も引き剝がしにかかったそうです。実際になにがあったのかはわかりません。その結果が、だれの手も届かない限界集落への移住なら極端すぎる選択に思えますが、そうせざるを得ない事情があったのでしょう」

持ってまわった喋り方をする川上さんだが、このときは痛みでも感じたように頰が歪《ゆが》んでいた。そこにはなぜか、嫌悪感に似た表情もにじんでいる。理由は、いまのわたしなら推し量ることができた。彼の職業倫理が許さない出来事が村で起きたのだ。

「あの。祥は村の生活の中で、小学校と中学校に行かせてもらえなかったのではないでしょうか？」

「祥がそういいましたか？」

「学校の存在すら知りません」

「祥を学校に行かせなかったのなら理由があるはずです。杉田さんに考えがあれば、それをお聞かせ願いたいのですが」

学校なんて価値がない。義務教育が無駄だと思った。——それらはおそらく違う。

「障がい」

彼の眉がぴくっと動いたので、わたしはつづけた。

「そもそも祥に障がいがあるから、資格のある川上さんが選ばれたんですよね？」

「織部家の強い要望で、私が選ばれました」

彼は否定しない。

「最初は知的障がいや自閉症の類《たぐ》いと思いましたが、わたしにはわかりません。ですから調べました」

「ネットで？」

「はい。一番近いのが難読症だったんです。英語でディスレクシア。発達性読み書き障がいとも呼ばれているそうで、その名の通り、読み書きが困難な障がいです。祥の場合は時間がかかるレベルではなく、ほとんどできないのではないでしょうか？　だったら祥の勉強方法を変えるべきです」

彼は首を傾げ、宙を睨むように考える仕草をした。

「字を書くのが困難なら……絵を描くほうはなぜできるのだろう？」

「現役のイラストレーターや絵本作家の中にも子供の頃から難読症のひとはいます。一説では十六歳で繊細な写実画を描いたピカソもかなりの難読症があって、彼の場合は話すのも苦手だったそうです」

感慨深く、長く息を吐く音がした。

「なるほど。さすがは現役の美大生だ。要点を短くまとめている」

その言い方に、すこし棘《とげ》を覚える。

「先ほど川上さんは、ピカソは美術学校を出たといいました。祥にも同じ道を歩ませることのどこが間違っているのでしょうか？」

彼は縦とも横ともつかず、曖昧に首をふってみせた。

「やはり今日、杉田さんとお会いできてよかった。実は杉田さんには感謝をするのと同時に、懸念も抱いていました。それは祥に対する授業の姿勢です。ある種の危うさがあり、必要以上に肩を持ってしまうのではないのかと怖《おそ》れるものがありました」

家庭教師が生徒の味方をして悪いのか。

出端《ではな》を挫《くじ》くように、彼はおもむろにわたしのスマホを指さす。

「それ、便利ですよね。いまやネットは答えを出すために存在し、人間は問いかけるために存在するといっても過言ではない。私は思うんですよ。時代は変わりました。人間が勉強するのは、問いを発するためにあるんじゃないかと。問いを発しなかったら、ネットに埋もれた答えは永遠に行き場をなくしてしまう」

話が大きく逸《そ》れたので、わたしは瞬きをくり返した。

「いきなり、なにを」

「杉田さんは祥のために真剣に考え、難読症という答えを見つけたところまではよかった。しかし問いそのものが間違っています」

問い……？

動揺したわたしは、胸の中に湧いた違和感に当てはまる言葉を探す。

「杉田さんの間違いを訂正するために、まずは八重樫という祥の父親の話をしましょう。彼は画家でした。絵画のコンクールに何度も出品しては落選をくり返し、画家仲間からも孤立していました。有名画家にも同じエピソードがあるので、そんな彼にも絵の才能はあったかもしれません。しかし画家として時代を生きる才能がなかった。織部家が母親との交際を認めなかったのは仕方がないことで、ふたりが行き着いた限界集落の正体については杉田さんもご存じかと思います。事実を細切れにしたような形でネットに広まっていますから」

「……カルト的な芸術家村」

噂《うわさ》の範疇《はんちゅう》だと思っていた。

「その表現は的を射ていますね。もとは八十歳以上の高齢者の二世帯しかなかった限界集落に、八重樫と同じ志を持つ十数名の若者が補助金制度目的で集まり、乗っ取る形で自給自足を目指したのです。新しい村の住人は皆、大成しなかった芸術家たちでした。才能という言葉の凄《すさ》まじい残酷さ、チャンスに恵まれない不運、ひとの評価から抜け出せない苦しみ――。そんな閉鎖的な環境で母親が子供を身籠もりました。経済的に困窮していたので堕《お》ろすかどうか悩んだそうですが、住人全員で育てる決心をしました。残念ながら出産が原因で母親は亡くなってしまいましたが、子供は無事この世に生を受けたのです」

置いたグラスを手にしたまま、固唾を呑んで聞き入る。

「この子はなんのために生まれたのか？　自分たちを追いつめてきた才能とはなんなのか？　天才とはなんなのか？　生まれ持った不公平なものなのか？　それとも、つくり出すことができるのか？　八重樫と村の住人たちは恐ろしい社会実験をして答えを出そうとしました。彼らが参考にしたのは、人間が陥りがちな偏見や先入観を説くフランシス・ベーコンのイドラ論と、アメリカに実在したナディアという少女です。前者については高校の地歴公民の教科書で説明されていますので、ここでは後者の説明をしましょう。ナディアという少女はまったく言葉が話せない重度の発達障がい者でしたが、絵画に異常な才能を発揮しました。五歳で描いたデッサンが天才のピカソやダ・ヴィンチとくらべても遜色なかったといわれています。ところがナディアが言葉を喋れるように一生懸命教育していくと、デッサンの能力が消えてしまった。言語と認知と教育がナディアの天賦の能力を奪ってしまったという逸話です」

話の関連が見えなかった。しかし、不穏ななにかを感じる。

「……え？　あの、祥は発達障がいなんですか？」

「いえ。祥は障がいを持っていませんよ。健常者です」

ガタッという音がした。わたしが椅子を引く音だった。一瞬、恐ろしい想像をしてしまったからだ。

まさか。

「八重樫と村の住人たちは、祥に文字をいっさい教えなかった。文盲として育てたのです。そればかりでなく日常会話も最低限なものに絞り、部外者から隔離する形で村の中に閉じ込めた。無論、祥のまわりにはテレビもパソコンもラジオも本もありません。村の住人全員が結託して、不必要な知性、言語によって生じる固定観念、教育や読書や娯楽などの個人的体験によって生じる思い込みを徹底的に排除したのです」

身の毛がよだった。背中を冷たい指がなぞる感覚に似ていて、鳥肌が立つ。

綾乃、なんで？

綾乃、どうして？

祥の問いに対する渇望の意味がようやくわかった。

「日本の犯罪史において、閉鎖的な空間や、シェルターとして機能するはずの疑似家族の中で愚かで信じがたいことが平然と行われるケースは多々ありますが、それに当てはまる醜悪な虐待案件といっていい。芸術家村の顚末《てんまつ》は、ネットで軽く触れられていましたので杉田さんもご存じのはずです。乗っ取りや違法行為が表に出て密かに解体されましたから。私はね、自分たちの承認欲求のためだけに祥から教育を受ける権利を奪った八重樫と村の住人たちが許せないんですよ。その点で織部家と意見が一致しています」

わたしは一度、肩で大きく息をし、川上さんの怒りに染まった顔を見つめる。

「……祥の父親は？」

「八重樫は村に祥を残して逃亡しました。現在も行方不明です」

孤独になった祥を思い、テーブルの上に目を落とす。

川上さんはわたしに諭すような口調でつづけた。

「どうか、私や織部家の方針をご理解いただきたい。杉田さんの目には躾《しつけ》のごとく叩き込む姿に映っているかもしれませんが、一日でも早く祥を社会に戻してあげたいのです」

しばらく茫然とする。

祥……

ああ……祥……

力なく、こくりとうなずき、血の気が失《う》せた顔をゆっくり上げた。どうしても確かめたいことがあった。この問いの答えがわからなければ、先に進めそうもない。

「あの。なぜわたしだったんですか？」

「え」

「わたしが家庭教師に選ばれたのは、なにか理由があるんですか？」

彼は逡巡《しゅんじゅん》する素振りを見せた。やがて決心したように口を開く。

「わかりました。杉田さんには正直に打ち明けることにしましょう。私たちとは別枠で家庭教師をつけることを希望したのは織部家です。杉田さんがおっしゃったように、息抜きできる授業が祥に必要だと考えたそうです。時間割で緩急をつけるイメージを持っていただければいい。しかしだれも長くつづかなかった。そこで現役の美大生を家庭教師につけるのはどうかと私が提案しました」

「……餅は餅屋みたいな感じのもの？」

「それもありますが、学生課に求人して、申し込んでくるような美大生に関心がありました。文化芸術の世界でモノをいう要素はコネとガテンです。有力な人物に近づけるアルバイトを探し、力仕事や雑用全般を行い、実績と人脈をつくる。私の知る限り、芸術家の卵や学生はみんなそれに励んでいます。家庭教師で得られるものはなにもない。それでも申し込んでくる特異な人材が適任だと思いました」

これほど遠まわしにいわれてしまうと、むしろ腹は立たず、曇りなく返事ができた。

「才能とは無縁の人材がほしかったんですね」

彼はなにもこたえなかった。

5

家庭教師のアルバイトに向かう途中、最寄り駅の改札から出たばかりのタイミングで、祥の伯母からスマホに着信があった。彼女はＬＩＮＥを操作できないので直接電話がくる。

今日は祥が体調不良なので休みにしてほしいという連絡だった。わたしは織部家とは個人契約を結んでいる。延期の判断は前日までにしてもらうことになっているが、人間を相手にしている以上、いろいろな事情が生まれるのは仕方がない。振替日時についてたずねると、待ってほしいの一点張りなので、連絡をお待ちしますと告げて通話を切る。

時間が空いてしまった。まわれ右をするかどうか迷う。

結局、祥の家に向かうことにした。お見舞いをすることが叶《かな》わなくても、挨拶だけでもして帰ろうと思った。そもそも迷惑がられる筋合いはないし、時間ギリギリで電話をしてきた祥の伯母が悪い。

道すがら、すこしだけ遠まわりする気になり、あの豪農的な屋敷の近くで立ちどまる。茄子とオクラの畑を眺めた。紫色の葉脈が通った緑色の葉の間に星型の花が咲いている。あの花が落ちて、つやつやした茄子の実になるのか。はじめて祥と会った日の光景が鮮やかによみがえった。

「おーい、そこのあんた」

突然声がして、首を左右にまわす。屋敷の主のお爺《じい》さんが柵の向こうでこちらを睨んでいる。のしのしと近づいてきたので、わたしはバツの悪い表情を返した。

「この間はすみませんでした」

「いや、もういいんだよ。それより今日はあの若造と一緒じゃないのか？」

「え」

「いないのか？」

「いや、その」顔の前で手のひらを左右にふった。「今日はひとりです」

「若造とはまた会うのか？」

「まあ、運がよければ今日にでも」

「そうか。じゃあ、また絵を買うって伝えてくれねえか。寝たきりの女房が気に入っているんだ」

　短い時間だけれど、わたしは啞然《あぜん》としていたらしい。柵をつかんだ。

「祥が売ったんですか？」

「しょう？　しょうっていうのか。突然やって来てな、勝手に畑に忍び込んで描いた絵を売りたいといってきやがった。値段はおれが決めていいってな。まったくふてえ野郎だが、一万円で買ったよ。もう二枚も買った」

「祥が……」

「あの若造、面白いこといったぜ。今日はお札一枚でおゆずりしますが、いずれ百枚の価値があると、おじさんが知るときがくるでしょう、なんてな」

　胸の奥に込み上げるものがあった。

　なんにでも興味をもって、旺盛に、悪食でバリバリかじってゆくような元気を持つ祥は、わたしが思っていた以上にたくましいのではないか？

「おい、頼んだぜ。伝えてくれよ。今度はもっと高く買うってな」

　お爺さんは手をふりあげて屋敷に去っていく。

こうしてはいられなかった。予感があった。祥の家に急ぐ。

案の定、豪邸に到着すると、異変はひと目でわかった。二階の祥の部屋の窓のカーテンがなくなっている。古い映画で、カーテンを切り裂き、結んでつないでロープ代わりにして、ホテルの火事から脱出するシーンがあったことを思い出した。不覚にも笑みがこぼれてしまい、やるなあ、と感心してしまった。

確かめてみるべく川上さんに電話をした。家出のトラブルが現実に起きているのなら、わたしからの着信には必ず出るはずだ。

「もしもし。川上です」二コールもしないうちにつながった。

「杉田です」

「ちょうどよかった。こちらから連絡を入れようとしていたところです」

彼の声には明らかに疲弊の色がある。

「祥のことですよね？　いま、家の前にいるんですけど」

「織部家の方はなんといっていましたか？」

「体調不良だそうです。頑丈なところが取り柄なのに笑えますよね。外から見て家出したのが丸わかりですよ」

電話の向こうでため息を吐《つ》く音がした。

「今朝、祥がいなくなっていることがわかりました。夜中のうちに二階の窓から家を抜け出たようです」祥の伯母からキャンセルの連絡があったのがさっきなので、彼女は相当狼狽《うろた》えているのだと理解した。「いま、手の空いたスタッフ総出で探しているところです。祥には金銭を与えていませんので遠くには行けない」

「あの。警察には?」

「事件性がないうちは動いてくれません。杉田さんに心当たりは?」

わたしはスマホを手にしたまま、空を仰ぐ。以前、彼は時間を割いて祥の素性を教えてくれた。そのときの借りを返そうと思った。

「川上さんは、祥の勉強意欲が高まったのはわたしのおかげだといいましたよね。でも、たぶん違います。ある日を境に、明確な目的を持ったんだと思います」

「それは……どういうことでしょう」

「川上さんの授業で、祥は地図と時刻表を机の上に出していましたか? わたしの授業のときはありました」

「なんですって」

「やっぱり祥は普段はあれを隠していたんですね。それと、洋服ダンスの一番下の引き出しを全部引き抜いた場所に画材やイーゼルがあります。ずいぶん古くて汚いものですが、祥の唯一の財産です。それがいま残っているかどうかを確認してください」

「すぐ確認させます。で、ですが」

「祥はお金を持っています。故郷だった村への片道分くらいなら」

つかの間、沈黙があった。

「そちらにうかがいます。詳しく聞かせていただけますか？」

「構いません。その代わり、村へ行くならわたしも連れて行ってください」

三十分も待たずに、川上さんはタクシーで到着した。わたしから説明を受けた彼はすぐ祥の伯母のもとに行き、彼女に事情を伝えた。祥の部屋の洋服ダンスを調べると、画材の他に、スケッチバッグ、リュックサック、ボストンバッグがなくなっていた。

現在は廃村となった祥の故郷は長野県内にあり、一番近い駅まで鈍行で五時間強かかる。そこから一日三本しかない市営バスで移動し、徒歩で山をひとつ越えなければならない。冬になると積雪で途絶する山道が、かつての限界集落たる所以だという。

始発電車で向かったとすれば、最短で午後四時頃に交通機関の終着点であるバス停を降りる。しかし祥の場合は電車の乗り継ぎがスムーズにいかない、というのが川上さんの見解だった。最終バスに間に合わなければ、駅の付近で宿泊先を探す可能性がある。

祥に野宿はさせたくないので、車の免許を持つ二名——川上さんとわたしがレンタカーで向かい、他のひとたちは引き続き家の周辺を探すことになった。

わたしの身支度については、途中、賃貸に寄ってもらって済ませた。

国道から入った環状線は、行き交う両車線ともスムーズに流れている。車載ナビゲーションに表示された目的地到着予測時刻は午後八時半だった。

「杉田さんが免許をお持ちで助かりました。なるべく交代はしないよう心掛けますが」

「すみません。持ってないです」

「持ってない？」

「ここで嘘つかないと、一緒に連れて行ってもらえないじゃないですか」

開き直ってみせると、川上さんは正面を向いたまま深い吐息をつく。

「弱りましたね。私のところの若いスタッフもそうですが、免許は取っておいたほうがいいですよ」

「若者の車離れって知りません？」

「まあ、若者の車離れについていいたいことはありますが」彼はなにかを口にしかけてから、「自分の十代や二十代の頃の話を引き合いに、いまの若者の問題を考えるというのは、おじさんのやってはいけないことの典型に思えるのでやめておきます」

「おじさん？」

「私はもうそういう歳になりましたよ。でも祥はね、村から解放されて、これから人生がはじまるところでした。同じことが杉田さんにもいえるのではないでしょうか」

「え」

「以前、美大の存在意義について辛辣な意見を喋ったことを後悔しています。杉田さんがおっしゃったように、全員が偉人になるために美大に進んでいるわけじゃないんですよね」

車はビルの谷間を抜け、窓に都会の夕映えの空が広がった。流れる景色は時間をかけて日暮れの平野、葡萄色《ぶどういろ》のセロファンに包まれたような山深い渓谷に変わり、日常から段階的に離れていくことを実感させる。わたしの口数は減り、川上さんはずっと考え込むふうにステアリングに手を置いたままでいた。

ようやく高速道路から一般道路に出ると、今度は曲がりくねった上り坂をスピードをゆるめて走行するようになった。目に見えて街灯は減っていき、一度も休憩を取らずに目的地の駅に到着した。時刻は午後八時前だったので、予定より早く着いたことになる。

車を有料パーキングに停《と》めて聞き込みを開始しようにも、祥の写真はない。記録として残っているのはネットにアップされた三年前の小さなモノクロ顔写真だけで、解像度が低いものだった。だからわたしは車の移動中、助手席で祥の似顔絵を二枚描いていた。「さすがですね」と川上さんは感心し、「ほら、連れてきてよかったでしょ」と自分が同行した正当性を主張する。自分でいうのもなんだが、なかなか繊細でリアルに描けたと思う。授業中、いつも彼の顔を見ていたんだな、といまさらながら気づいた。

ふたりで手分けして駅員、まだ営業している駅売店の売り子、シャッターを閉じようとしている中華料理屋のおじさんに聞いてまわったが、祥の姿を見かけたひとはいなかった。そもそも聞き込みできる絶対数がすくないので、早急に次に打つ手を迫られる。役割分担を決め、川上さんには車で付近の宿泊施設の聞き込み、最終時刻が過ぎたバスの停留所をまわってもらい、わたしは駅で電車の降車客をチェックすることにした。

午後十一時の終電を見送ったとき、川上さんが戻ってきた。お互いめぼしい収穫はなく、表情に疲労がにじみでる。

川上さんがいった。

「夜のうちに山を越えようとお考えなら、やめたほうがいいですよ」

まさにそうしようと思っていたところだった。

「どうして？」

「途中まで山道を車でのぼってきました。狭い、急カーブ、急勾配と三拍子揃《そろ》ったうえに車のライトだけが頼りなので恐怖を覚えましたよ。地元のひとからは夜の車の移動は自殺行為だと忠告を受けましたし、実際に事故が多いそうです。限界集落になったのはそれなりの理由があることを実感しました」

「でも」

「あなたはまだ学生です。こちらとしても退《ひ》くことはできません。泊まれる場所を確保しましたから、いったん身体を休めましょう」

わたしは両手を身体の両脇に垂らし、その拳をかたく握りしめる。

駅から三百メートルほど離れた場所に古民家宿があった。こんなところに、と驚いたが、地方の路線にはありがちで、駅の待合室を宿泊地としてさんざん利用してきた高齢の登山客が建造物侵入罪で締め出される時代になったので需要があるという。

朝になった。

「杉田さん、杉田さん」

部屋の襖《ふすま》の向こうから川上さんの声がした。布団にもぐったまま時計を探して確認する。午前七時を過ぎていた。

「……あ、はい」

「早く起きたので外を散歩してきたのですが、昨日、祥と会った地元のひとがいました。小さな商店のお婆《ばあ》さんで、私たちが到着したときには店を閉めていたんです。午後五時頃に大量のパンと飲みものを買って去ったそうです」

一気に目が覚めて、がばっと起き上がった。

「すぐ支度します」

「お願いします。懐中電灯も一緒に買ったそうなので、おそらく徒歩で向かったんでしょう。私は織部家に連絡を入れますので」

急いで着替え、散らかった荷物を鞄《かばん》につめる。布団を畳んで部屋から出ると、古民家宿の支払いを済ませた川上さんが待っていた。

車の助手席に乗ってシートベルトを締めていると、両腿の上にクリームパンやあんパンがどさどさと置かれる。

「お婆さんからいただきましたので、どうぞ」

車が走り出す。バス通りからトンネルをいくつか抜け、狭い山道に入った。急カーブが多いというのは本当で、道は半円を描き、谷のほうへとせり出している。車がぐらっと傾き、大きな遠心力に何度も身体をもっていかれそうになった。

山側の落石防護ネットには無数の落石が留まり、谷側の折れ曲がったガードレールに凄まじい線傷がついている。昨夜、山を無理して越えなくてよかったと心底思った。

「祥……だいじょうぶなの……」

ひとり言が、運転席の彼の耳に届いたようだ。

「もしかしたら村から何度か抜け出したことがあって、すこしは土地勘があるかもしれません」

山道の途中に祥がいるかどうか探しながら車を走らせたので、山を越えるのに予定の倍以上の時間がかかった。

一本道が立ち入り禁止の看板が掲げられた柵で塞がれている。その向こうに栗《くり》を並べたような佇《たたず》まいの萱葺《かやぶ》き屋根の家が見えたので、廃村に着いたことがわかった。

車から降りて柵の前に立つ。立ち入り禁止の看板を前に、川上さんは躊躇していたが、わたしは迷わず柵の間を通り抜けた。おそらく祥も、先入観や常識に囚《とら》われることなくそうしただろう。『青い菊の花』のクラーラという少女のように。

ここまでの道程はおよそ三十キロ。祥が夜通し歩いてたどり着いたとなると、疲労は相当なものになるはずだった。

すこし進むと、学校跡を見つけた。二階建ての木造校舎で、門柱に校名板はなく、運動場は雑草が茂っている。

川上さんが口を開いた。

「昔はへき地学校があったようですね。八重樫たちが移住するはるか以前、昭和の時代に廃校となったはずです」

わたしは遠くを見やる。山肌に三角屋根の小屋がぽつんと建っている。

「……あそこ、なんですか？」

「昨日の夜の話では、新しく炭焼き小屋ができたそうです。たぶんそれでしょう。職人がこの廃村をよく見てまわるようで、危険な野生動物や蛇はいないと聞いています」

「それなら二手に分かれて探しませんか？」

「いいですよ。私は先に廃校の中を見ますから、ここを集合場所にしましょう」

わたしは南側を探すことになった。

空き家となった家屋を一軒一軒見てまわる。吹きさらしの中に手作りのテーブルや椅子、ゴムホースや鋳物の管、波状のトタン板が散乱し、どの家屋も隣に小屋が増築されていた。わたしにはわかる。芸術家の卵なら、家具や家は自分でつくるという発想を持っている。小屋は彼らの作業場として建てられたようで、コンクリート製の水溜《みずだ》めや、金属の廃材を溶接したものが錆《さ》びた状態で放置されていた。

ハンドタオルで汗を拭い、祥の名前を大声で呼んで探しつづける。

どこにもいない。なんの反応も返ってこない。

廃村に到着して三時間ほど過ぎ、足が棒になりはじめた。

薄い水晶のような羽のイトトンボが目の前をふわふわと滑空し、せせらぎの聞こえる方向に首をまわす。土手を越えると早瀬があった。川面の波が柔らかい音を刻み、光を飲み込んでは吐き出している。

わたしは河原の草むらに腰を落とした。早瀬に顔を向け、白い小さな波が泡立つ部分に見入る。

川底の石を想像した。

下流へと運ばれる間にぶつかって角が取れたり、割れたりして、小さく、丸くなっていく。

八重樫たちはそれを恐れた。

人間が言葉を覚えるにつれて身につけていく心の傷、世間体や見栄や恥というものを、祥はまだ持っていない。彼の爽やかな声には、逡巡も不安も感じられない。いってみれば無防備の才能で、八重樫たちの呪いを垣間見た気がした。

……これから人生がはじまる。

川上さんの言葉が脳裏によみがえった。

ふと思い当たることがあり、立ち上がった。向かった先は、梁《はり》と大黒柱が目立つ古民家だった。おそらく廃村の中で一番大きく、すでに中に入って探した場所だが、見落としがあると思った。昔の村には罪人や放蕩者《ほうとうもの》を隠して、いないものとしていた私製の牢《ろう》屋《や》があったからだ。

外壁に沿って進む形で、長く伸びた草をかき分けて歩くと、一メートルほどの高さに鉄格子の小窓だけが出た箇所を見つけた。再び古民家の中に入り、その入り口を探す。和室の床の間の奥に、ひとひとり入れるかどうかという程度の戸があった。古い南京《なんきん》錠《じょう》が落ちていたので、わたしは緊張して戸を開ける。

戸の奥は幅狭い石階段がつづき、勇気を出して下りていくと、イーゼルや画材で埋め尽くされた座敷につながっていた。鉄格子の小窓からうっすらと陽が射し、横たわるだれかを照らしている。わたしは声をあげそうになった。スケッチブックを抱えた祥だ。疲れ果ててボロボロになった姿で眠っていた。

座敷の壁から鎖のついた足枷《あしかせ》が伸び、布団、食器、刻印を塗り潰された魔法瓶、便器が置いてある。

胸がつまる光景に、わたしは祥のそばでひざまずいた。戸を開けたせいで湿っぽい風が地下を吹き抜け、やわらかそうな祥の髪を揺らす。不意にその髪に触れてみたくなり、手を伸ばした。

気配に祥がまぶたを開く。彼はわたしを認めると一瞬、驚いた顔をして、それから横たわったまま目を細めた。

「……ど、どうして?」

祥の乾いた唇がそう動いた。喉が苦しそうだったので、持ってきたペットボトルの水で彼の唇を潤した。

「どうしてだろうね」

わたしは泣き笑いの顔でこたえる。

「……な、なんで?」

「なんでだろうね。たぶん、祥のことを放っておけないからだよ」

幼い頃からずっと、こんな劣悪な環境で育てられた場所であっても、祥は戻ってきた。

わたしは説明を求めるために彼の顔を見つめる。通じたようだ。

「……あ、綾乃」

「なに？」

「……お、思うように、え、絵が描けなくなってきちゃったんだ。昔みたいに、指が動かないんだよ」

恐れていたことだった。

「だから、みんなに黙って、ここに戻ってきたの？」

「う、うん。こ、ここにいれば、好きなだけ絵が描けるし、ここで待っていれば、と、父さんが帰ってくるから」

「父さん？」

「……う、うん。キズナって、よくいってた」

わたしは家庭教師のバイトをするようになってから、祥にたくさんの宿題を与えられ、そのおかげで読書の量が増えた。絆の本当の意味は、どこかの本に書いてあった。絆という言葉は家畜をつないでおく綱が語源になっている。八重樫たちは家畜が逃げないようにするのが目的の絆で祥を縛りつけ、それはだれかが断ち切らなければならない。

自分の役目をようやく理解した。

「あのね、いい？　ここには祥の父さんじゃなくて、わたしが来た」

長い沈黙のあと、祥のかすれた声が返ってくる。

「……や、やっぱり、父さんは、もう帰ってこないんだ？」

心のどこかで覚悟していたような口調だった。

「そんなのわからない」

「……え」

「わからないけど、ひとつだけ、はっきりいえることがあるの。こんなひどいところは家といわないの。家というのはね、ふたりでご飯食べて、一緒に本を読んで、いろいろなことをいっぱい話せる場所なの」

祥の目がわたしのほうを向いた。

「……あ、綾乃と一緒に？」

「そう。一緒に好きなところに出かけて、一緒に絵を描いて生きていくの」

時間が静かに流れる。ごろんと仰向《あおむ》けになった彼は、顔をほころばせた。

「……そ、そうなったら、いいなあ」

「簡単なことだよ」

わたしは大きく深呼吸してから祥の頰に手を触れる。

手のひらを伝わるあたたかな体温に、若き芸術家としての再生の予兆を感じ取ることができた。彼は安心しきったように、再びまぶたを閉じて眠りはじめる。

ごめんね、と祥に謝った。おそらくわたしは、一緒にいられても糟糠の妻カミーユにも、聖母となって君臨するガラにも、愚直に信じつづけるテオにもなれない。

この関係が永遠につづいてほしいと思っていても、心のどこかでは、終わるものだと知っている。

それは明日かもしれない。

半年後かもしれない。

数年後かもしれない。

わたしは目のきわに溜まった涙を拭ってから、スマホを取り出して川上さんに連絡した。


〈FIN〉

参考文献
『つかぬことをうかがいますが……——科学者も思わず苦笑した102の質問』ハヤカワ文庫、ニュー・サイエンティスト編集部編、金子浩訳本書は、集英社文庫のために編まれたオリジナル文庫です。

初出

「愛について語るときに我々の騙ること」
JUMP j BOOKS 公式 note　二〇二〇年七月

「君が作家だと知る三ヶ月」
JUMP j BOOKS 公式 note　二〇二〇年八月

「転生勇者が実体験をもとに異世界小説を書いてみた」
JUMP j BOOKS HP ジャンプ恋愛小説大賞特設ページ　二〇一八年七月

「ボクらがキミたちに恋をして」
JUMP j BOOKS 公式 note　二〇二〇年四月

「しずるさんとうろこ雲」
JUMP j BOOKS 公式 note　二〇一九年九月

「今日の授業は悪い授業」
JUMP j BOOKS 公式 note　二〇二〇年九月

本文デザイン　篠田直樹（bright light）

集英社文庫　目録（日本文学）

柳澤桂子　すべてのいのちが愛《いと》おしい　生命科学者から孫へのメッセージ
柳澤桂子　永遠のなかに生きる
柳田国男　遠野物語
矢野隆　蛇衆
矢野隆　慶長風雲録
矢野隆　斗《とう》棋《ぎ》
山内マリコ　パリ行ったことないの
山内マリコ　あのこは貴族
山川方夫　夏の葬列
山川方夫　安南の王子
山口百恵　蒼い時
山﨑宇子　ラブ×ドック
山崎ナオコーラ　「ジューシー」ってなんですか？
山田詠美　メイク・ミー・シック
山田詠美　熱帯安楽椅子
山田詠美　色彩の息子

山田詠美　ラビット病
山田かまち　17歳のポケット
山田吉彦　ONE PIECE勝利学
山中伸弥／畑中正一　ひろがる人類の夢　iPS細胞ができた！
山前譲・編　文豪の探偵小説
山前譲・編　文豪のミステリー小説
山本一力　銭売り賽《さい》蔵《ぞう》
山本一力　戌《いぬ》亥《い》の追風《おいて》
山本兼一　雷神の筒
山本兼一　ジパング島発見記
山本兼一　命もいらず名もいらず(上)　幕末篇
山本兼一　命もいらず名もいらず(下)　明治篇
山本兼一　修羅走る　関ヶ原
山本文緒　あなたには帰る家がある
山本文緒　ぼくのパジャマでおやすみ
山本文緒　おひさまのブランケット

山本文緒　シュガーレス・ラヴ
山本文緒　まぶしくて見えない
山本文緒　落花流水
山本雅也　キッチハイク！　突撃！　世界の晩ごはん　～アンドレアは素手でパリージャを焼く編～
山本雅也　キッチハイク！　突撃！　世界の晩ごはん　～ソフィーはタジン鍋より圧力鍋が好き編～
山本幸久　笑う招き猫
山本幸久　はなうた日和
山本幸久　男は敵、女はもっと敵
山本幸久　美晴さんランナウェイ
山本幸久　床屋さんへちょっと
山本幸久　GO！GO！アリゲーターズ
唯川恵　さよならをするために
唯川恵　彼女は恋を我慢できない
唯川恵　OL10年やりました
唯川恵　シフォンの風
唯川恵　キスよりもせつなく

集英社文庫　目録（日本文学）

唯川恵　ロンリー・コンプレックス
唯川恵　彼の隣りの席
唯川恵　ただそれだけの片想い
唯川恵　孤独で優しい夜
唯川恵　恋人はいつも不在
唯川恵　あなたへの日々
唯川恵　シングル・ブルー
唯川恵　愛しても届かない
唯川恵　イブの憂鬱
唯川恵　めまい
唯川恵　病む月
唯川恵　明日はじめる恋のために
唯川恵　海色の午後
唯川恵　肩ごしの恋人
唯川恵　ベター・ハーフ
唯川恵　今夜 誰のとなりで眠る
唯川恵　愛には少し足りない
唯川恵　彼女の嫌いな彼女
唯川恵　愛に似たもの
唯川恵　瑠璃でもなく、玻璃でもなく
唯川恵　今夜は心だけ抱いて
唯川恵　天に堕ちる
唯川恵　手のひらの砂漠
湯川豊　須賀敦子を読む
行成薫　名も無き世界のエンドロール
行成薫　本日のメニューは。
行成薫　僕らだって扉くらい開けられる
雪舟えま　バージンパンケーキ国分寺
雪舟えま　緑と楯ハイスクール・デイズ
柚月裕子　慈雨
夢枕獏　神々の山嶺《いただき》(上)(下)
夢枕獏　黒塚 KUROZUKA
夢枕獏　ものいふ髑髏《どくろ》
夢枕獏　秘伝「書く」技術
養老静江　ひとりでは生きられない ある女医の95年
横幕智裕　監査役 野崎修平　周良貨／能田茂・原作
横森理香　凍った蜜の月
横森理香　30歳からハッピーに生きるコツ
横山秀夫　第三の時効
吉川トリコ　しゃぼん
吉川トリコ　夢見るころはすぎない
吉木伸子　スーパースキンケア術 あなたの肌はまだまだキレイになる
吉沢久子　老いをたのしんで生きる方法
吉沢久子　老いのさわやかひとり暮らし
吉沢久子　花の家事ごよみ 四季を楽しむ暮らし方
吉沢久子　老いの達人幸せ歳時記
吉沢久子　吉沢久子100歳のおいしい台所
吉田修一　初恋温泉

集英社文庫　目録（日本文学）

吉田修一　あの空の下で
吉田修一　空の冒険
吉田修一　作家と一日
吉田修一　泣きたくなるような青空
吉田修一　最後に手にしたいもの
吉永小百合　夢の続き
吉村達也　やさしく殺して
吉村達也　別れてください
吉村達也　セカンド・ワイフ
吉村達也　禁じられた遊び
吉村達也　私の遠藤くん
吉村達也　家族会議
吉村達也　可愛いベイビー
吉村達也　危険なふたり
吉村達也　ディープ・ブルー
吉村達也　生きてるうちに、さよならを

吉村達也　鬼の棲む家
吉村達也　怪物が覗く窓
吉村達也　悪魔が囁く教会
吉村達也　卑弥呼の赤い罠
吉村達也　飛鳥の怨霊の首
吉村達也　陰陽師暗殺
吉村達也　十三匹の蟹
吉村達也　それは経費で落とそう
吉村達也　「会社を休みましょう」殺人事件
吉村達也　OL捜査網
吉村達也　悪魔の手紙　ヨコハマOL探偵団
吉村龍一　旅のおわりは
吉村龍一　真夏のバディ
よしもとばなな　鳥たち
吉行あぐり　吉行和子　あぐり白寿の旅
吉行淳之介　子供の領分

與那覇潤　日本人はなぜ存在するか
米澤穂信　追想五断章
米原万里　オリガ・モリソヴナの反語法
米山公啓　医者の上にも3年
米山公啓　命の値段が決まる時
リービ英雄　模範郷
隆慶一郎　一夢庵風流記
隆慶一郎　かぶいて候
連城三紀彦　美女
連城三紀彦　隠れ菊(上)(下)
わかぎゑふ　秘密の花園
わかぎゑふ　ばかちらし
わかぎゑふ　大阪の神々
わかぎゑふ　花咲くばか娘
わかぎゑふ　大阪弁の秘密
わかぎゑふ　大阪人の掟

集英社文庫　目録（日本文学）

わかぎゑふ　大阪人、地球に迷う
わかぎゑふ　正しい大阪人の作り方
若桑みどり　クアトロ・ラガッツィ(上)(下)　天正少年使節と世界帝国
若竹七海　サンタクロースのせいにしよう
若竹七海　スクランブル
和久峻三　夢の浮橋殺人事件　あんみつ検事の捜査ファイル
和久峻三　女検事の涙は乾く　あんみつ検事の捜査ファイル
和田秀樹　痛快！心理学　入門編　―なぜ僕らの心は壊れてしまうのか
和田秀樹　痛快！心理学　実践編　―どうしたら私たちはハッピーになれるのか
渡辺淳一　白き狩人
渡辺淳一　麗《うるわ》しき白骨
渡辺淳一　遠き落日(上)(下)
渡辺淳一　わたしの女神たち
渡辺淳一　新釈・からだ事典
渡辺淳一　シネマティク恋愛論
渡辺淳一　夜に忍びこむもの
渡辺淳一　これを食べなきゃ
渡辺淳一　新釈・びょうき事典
渡辺淳一　源氏に愛された女たち
渡辺淳一　マイ センチメンタルジャーニイ
渡辺淳一　ラヴレターの研究
渡辺淳一　夫というもの
渡辺淳一　流氷への旅
渡辺淳一　うたかた
渡辺淳一　くれなゐ
渡辺淳一　野わけ
渡辺淳一　化身(上)(下)
渡辺淳一　ひとひらの雪(上)(下)
渡辺淳一　鈍感力
渡辺淳一　冬の花火
渡辺淳一　無影燈(上)(下)
渡辺淳一　孤舟
渡辺淳一　女優
渡辺淳一　仁術先生
渡辺淳一　花《はな》埋《うず》み
渡辺淳一　男と女、なぜ別れるのか
渡辺淳一　医師たちの独白
渡辺優　ラメルノエリキサ
渡辺優　自由なサメと人間たちの夢
渡辺優　アイドル　地下にうごめく星
渡辺雄介　MONSTERZ
渡辺葉　やっぱり、ニューヨーク暮らし。
渡辺葉　ニューヨークの天使たち。
綿矢りさ　意識のリボン

＊

集英社文庫編集部編　短編復活
集英社文庫編集部編　短編工場
集英社文庫編集部編　おそ松さんノート

集英社文庫　目録（日本文学）

集英社文庫編集部編　はちノート—Sports—
集英社文庫編集部編　短編少女
集英社文庫編集部編　短編少年
集英社文庫編集部編　短編学校
集英社文庫編集部編　短編伝説　めぐりあい
集英社文庫編集部編　短編伝説　愛を語れば
集英社文庫編集部編　短編伝説　旅路はるか
集英社文庫編集部編　短編伝説　別れる理由
集英社文庫編集部編　短編アンソロジー　味覚の冒険
集英社文庫編集部編　短編アンソロジー　患者の事情
集英社文庫編集部編　よまにゃノート
集英社文庫編集部編　よまにゃ自由帳
集英社文庫編集部編　短編宇宙
集英社文庫編集部編　STORY MARKET　恋愛小説編
青春と読書編集部編　COLORSカラーズ

集英社文庫

STORY《ストーリー》 MARKET《マーケット》 恋愛小説編《れんあいしょうせつへん》

2021年3月25日 第1刷

定価はカバーに表示してあります。

編 者 集英社文庫《しゅうえいしゃぶんこ》編集部《へんしゅうぶ》

著 者 斜線堂有紀《しゃせんどうゆうき》 十和田《とわだ》シン 乙一《おついち》 秋田禎信《あきたよしのぶ》
上遠野浩平《かどのこうへい》 初野晴《はつのせい》

発行者 徳永 真

発行所 株式会社 集英社
東京都千代田区一ツ橋2-5-10 〒101-8050
電話 【編集部】03-3230-6095
【読者係】03-3230-6080
【販売部】03-3230-6393(書店専用)

印 刷 図書印刷株式会社

製 本 図書印刷株式会社

フォーマットデザイン アリヤマデザインストア　　マークデザイン 居山浩二

ISBN978-4-08-744228-1 C0193